HARROW

Please return this item by the last date shown. You can renew it by post, phone or in person unless it has been reserved by another library user. Fines will be charged on overdue items if applicable.
Thank you for using the library.

843

North Harrow Library 020 8427 0611	
2 0 AUG 2007 2 4 APR 2007	
2 9 OCT 2007	
1 3 JUN 2008	
	PL.1153

LA VIE HEUREUSE

Paru dans le Livre de poche :

LE BAL DES MURÈNES

L'ÂGE BLESSÉ

LE JOUR DU SÉISME

GARÇON MANQUÉ

NINA BOURAOUI

La Vie heureuse

ROMAN

STOCK

© Éditions Stock, 2002.

à Anne F.

Klaus Nomi est mort du sida. La radio passe sa dernière chanson plusieurs fois par jour, comme une messe. C'est le premier corps que j'imagine sans chair, transparent, les os dénudés, les yeux qui mangent le visage. La mort entre dans l'été.

Avant, c'était le club Mickey, les gaufres, la digue de Rochebonne, la tour Solidor, les feux d'artifice, la canicule de 76, l'épidémie de poux, la Marie-Rose.

Avant, c'était l'orage, les feux de camp, les marées d'équinoxe, les régates, le Coca fraise au sommet des falaises. Avant un rien m'amusait. Je veux plus désormais.

Je traverse le barrage de la Rance. Je vais vite. Je cherche un visage dans la nuit. Je cherche un corps qui consolera. Je rentre à pied, par les champs de maïs et les chemins de terre. Je m'ennuie. C'est la peur qui manque, la peur des ombres et du vent dans les arbres, une peur d'enfant.

On dit qu'on peut attraper le sida par la salive, par la sueur, par les moustiques, à la piscine municipale, dans les toilettes des boîtes de nuit. Je ne le crois pas. Je sais que ça vient du sang et du sperme, c'est tout.

Je m'appelle Marie. Je viens de Zürich, Hochstrasse 30, quartier de Fluntern. Je déteste Zürich. Je déteste le lycée de Gockhausen. Je déteste le froid, la neige et je ne sais pas bien skier. Le proviseur, M. Portz, dit que je suis une fille violente et qu'il est encore difficile de m'imaginer adulte. Saint-Malo est un paradis alors. Nous avons deux maisons de vacances. La plus petite fut longtemps à l'abandon. Le propriétaire ne voulait pas vendre. J'entendais des bruits. J'avais peur des fantômes et des feux follets. Un clochard l'habitait. Ma grand-mère a réussi à acheter. C'est *notre* maison, la maison des cousins, avec un jardin, des sapins et des haies, près de la mer grise. Je dors avec Audrey dans la grande chambre, Julien dort sur le « pliant », à côté. La nuit, nous marchons pieds nus sur les graviers, comme des voleurs qui s'enfuient. Ma grand-mère est heureuse avec nous. Elle prépare des tourteaux, des galettes de sésame, du clafoutis. Les maisons sont gaies, toujours de la musique sur l'électrophone, Jimmy Somerville, Alan Parsons, les fenêtres ouvertes, les amis, la planche à voile dans le jardin, les serviettes de bain sur le fil, les chaises longues, le petit chien, dans nos jambes, dans nos bras, sur toutes les photographies.

Souvent, elle vérifie notre maison, la cuisine, le frigo, le gaz surtout et le linge. Elle nous appelle les « cocottes sales » avec Audrey, à cause des vêtements en boule.

On sort tous les soirs, Penelope, Rusty Club, lancés sur la route de Saint-Briac.

C'est l'été, rien ne peut arriver.

J'ai seize ans. Mon grand-père vient de Rennes. Ma tante Carol suit avec son mari et ses deux enfants, Sybille et Liz. Sur la table, du melon, du jambon cru, de la mayonnaise, des araignées de mer que j'ai choisies, encore vivantes, dans la glace du poissonnier. C'est ma fête, seize ans. Klaus Nomi avait le visage blanc et les lèvres rouges. Il avait une voix haute. Il chantait de la pop-opéra. Sa voix sur la voix de mon grand-père qui raconte, la bombe atomique, les soviets, la comète, François Mitterrand, l'aérobic, Véronique et Davina, les années 80, si dangereuses. Et nous qui ne pensons qu'à sortir. Les filles, si vous voulez cinquante francs, ma Buick est sale avec les allers-retours, le cabinet dentaire, ma mère, ma femme, Fougères, Paramé ; le jet d'eau, les enjoliveurs et les phares, les ailes de la voiture, comme un avion ; cinquante francs, une entrée au Rusty, avec une consommation gratuite ou deux punchs qui font vomir chez les jumeaux de Saint-Lunaire ; cinquante francs, à la sueur de mon front. J'ai le corps qui tremble. Joyeux anniversaire ma chérie, l'Encyclopédie du cinéma Boussinot, avec ton physique, tu seras actrice, c'est sûr, cours Florent, casting, Cannes ; je reçois aussi la bande originale de *Furyo*, un poster de Marilyn, une cassette, Propaganda, du parfum, Eau de Rochas, des parapluies en chocolat, Marquise de Sévigné.

Une seule personne est en danger ici : Carol. Nous faisons tous semblant. Carol est venue cet hiver à Zürich. Elle cherchait une solution, la diététique, un professeur, un traitement. Elle a adoré Zürich, le lac, les tramways, les gens polis, mon lycée près de la forêt, la brasserie Mövenpick, les grands magasins, Globus,

Migros, le luxe de la Bahnhofstrasse, les santons, le chocolat de Sprüngli. Elle a adoré l'appartement fait d'un seul bloc, la terrasse, la cheminée en ciment, le noisetier où nichait un écureuil que je n'ai jamais réussi à attraper. Elle a fait un plan du lieu pour s'en souvenir. Elle dormait dans ma chambre, moi sur le canapé-lit du salon. Je l'entendais se lever la nuit. Elle vomissait à cause des rayons.

Carol est belle. Seul son regard a changé, le bleu de ses yeux a légèrement passé.

C'est la dernière des filles, la plus blonde, la plus grande, comme une Américaine, en trench, en chemisette serrée, en mocassins Sebago et en Docksides. Enfant, elle appelait ma mère, sa « *petite mère* ». Adolescente, elle l'attendait à la sortie de la faculté avec des pains au chocolat, inquiète de sa nouvelle vie : ma mère, amoureuse, avait quitté sa famille. Il reste des photos de cette période, dans le jardin du Thabor, devant la grande maison blanche, près du café Hoche. Carol, la Méhari, les falaises de la Varde, le Sillon, la vitesse, les remparts, Serge Gainsbourg, *l'eau à la bouche*. Carol, sur le pont du voilier, port de Saint-Servan, avant les croisières, île de Jersey, île de Guernesey, avec ce bruit de câbles métalliques qui me suivra, longtemps, comme une voix fantôme.

Carol est malade. Elle savait, avant de consulter. Avant les examens. Avant d'entendre Jean, son mari, « J'ai les résultats, ils sont mauvais, c'est foutu. » Un an de rémission, les noces d'or des parents à Venise, les vacances de neige, Zürich, Pâques en Angleterre, la cuisine à refaire, la thèse à reprendre, le beau mois d'août, la mer. On ne meurt pas en été. Il y a ce voyage avec les enfants, prévu depuis longtemps. Le chirurgien est d'accord. La petite n'a pas encore cinq ans. Il faut tenir. Pourquoi mon grand-père la regarde ainsi ? Pourquoi ma grand-mère quitte la table ? Laisse ta maman tranquille Liz, elle est fatiguée. Tu veux te reposer Carol ? Ça ne va pas ? Tu as mal au ventre ? Allonge-toi sur l'herbe, tu seras mieux, le gâteau est servi, on vient, on te rejoint, tu n'es pas seule, nous sommes tous là, au Pont, dans les villas que tu aimes tant. C'est le soleil, la fête, la voiture aussi, cette nationale mal fichue, les tournants, les embouteillages. C'est l'émotion, toute la famille, manque ma mère, qui écrit, « Surtout ne dis pas à Carol que nous quittons Zürich, je ne veux pas qu'elle s'inquiète. Je viendrai si ça ne va pas. »

Jean appelle le chirurgien qui a promis de rester à Rennes en août. Carol ouvre sa trousse de secours — un coton, une seringue, son bras nu. Il faut occuper les petites.

Carol avait peur de perdre ses cheveux. Elle n'a pas changé, belle, un foulard sur la gorge, des sandales rouges, un jean, un tee-shirt blanc, des boucles créoles aux oreilles, une jeune fille, sauf sa main sur son ventre, sauf ce mot à son père : Ça recommence je crois. Carol comptait sur la Suisse, la recherche, les professeurs. Carol a cherché. La médecine douce ? Ce docteur à Paris ? Ce traitement naturel ? L'hôpital, l'enfer, les salles d'attente, les malades, la maigreur, les femmes en perruque, les examens, les résultats, l'opération, couper, encore couper. On va y arriver, vous cicatrisez mal, vous souffrez ? La peau, ça tire ? Respirez, stop, reprenez. Il y a des cas dans la famille ?

C'est mauvais, très mauvais, ça ne passe pas ; ça va vite, vous êtes jeune, trente-six ans, les cellules en profitent, les folles ; vous supportez les médicaments ? Allongez-vous, là je sens, sous mes doigts, on voit bien sur la radio, le petit côlon et cette ombre noire et oblongue, comme un insecte ; mais vous tremblez ? On va recommencer, soyez confiante. Vous n'avez pas le moral ? Il faut, c'est important, donnez-vous des buts, vos filles, des merveilles.

Carol ne veut plus mentir.

Carol et Jean rentrent à Rennes. Sybille part pour l'île d'Yeu. Liz reste à Saint-Malo. Je regarde ma grand-mère, assise sur une chaise longue. Je regarde ses mains, ses bras, ses jambes nues sous sa robe qu'elle a relevée pour le soleil. Ses veines font des petits dessins de sang. Je regarde Liz qui joue avec le chien. Je regarde la table, les coupes de champagne, le gâteau, les galets qui empêchent la nappe de s'envoler.

Mon grand-père va quitter le Pont. Ma grand-mère fera des allers-retours. On restera avec la petite. Chacun tiendra son rôle, au plus juste. Chacun aidera, à sa façon.

Carol a été admise à la clinique le soir de mon anniversaire. Nous sommes tous entrés dans la nuit alors.

1

J'ai seize ans et je suis triste. Je pense à Carol dans sa chambre. Je pense à l'odeur d'éther, aux draps jaunes de la clinique, à la perfusion, au petit poste de radio qu'on lui donne avant de partir. Je pense à cette solitude-là, loin de l'odeur des fleurs et du soleil sur la peau. Je pense à Jean dans sa maison, le quartier est désert en août. Je pense à Liz qui ne comprend pas. Je pense à Sybille en colère. Je pense à Marge qui ne répond pas au téléphone. Je connais Marge depuis l'enfance. Nous avons tout fait ensemble, le mur, le stop, l'alcool, les garçons. Je pense à Zürich, au lac qui ressemblait parfois à la mer. Je pense à notre immeuble, étrange, construit en rond. Je pense à l'odeur de la forêt après la neige. Je pense à Diane.

Nous quittons Zürich, c'est sûr. C'est mieux ainsi écrit ma mère, « C'était difficile sans ton père, moi je ne pouvais plus. L'appartement me manquera. Il fait très chaud ici, je suis dans les cartons. Je pense beaucoup à Carol, je me fais du souci. Je suis partie quelques jours à Crans. Prends soin de la petite Liz, aide ta grand-mère. Tu me manques, ma chérie. Ta sœur est à Paris. Elle cherche un appartement. Ton père n'est pas sûr pour l'OMS. Ne t'en fais pas. Je t'ai inscrite au lycée international de Ferney. C'est une ville charmante, à deux pas de la Suisse. On ira à Genève le week-end. Ce sera bien, ils parlent français là-bas. Voilà les cinq cents francs que tu m'as demandés. Je t'embrasse fort. Ta maman qui t'aime. »

Je me souviens de mon arrivée à Zürich. J'étais furieuse de quitter Paris. Là encore, il valait mieux partir. Je redoublais ma seconde à force de manquer les cours. J'avais passé mon année à l'hôtel Niko, sur les fauteuils en cuir de la réception.

Ma mère attendait sur le quai, sans mon père. Je n'ai pas tout de suite compris. On a fait vite, le parking, la nouvelle voiture, une Volvo grise ancien modèle, la Bahnhofstrasse, le lac, les maisons, les lignes de tram, l'appartement, les cartons ouverts, ma chambre, mes affaires de Paris, la terrasse, la vue. Mon père, médecin, était déjà reparti. Je l'admirais. Il traversait le monde. Il aidait, il soignait. Tout devait s'arrêter à Zürich. Son poste serait fixe. On formerait une vraie famille. J'étais déçue. On dit que je me suis vengée. Ce n'est pas vrai.

Je regarde mes deux cousines. Audrey prend Liz dans ses bras. Elle caresse le visage. Elle raconte une histoire. Liz n'entend pas. Elle veut le petit chien qui sent la noisette derrière les oreilles. Audrey ressemble à Carol. Je n'avais jamais remarqué, avant, à Paris. Je dormais chez elle le week-end, à Saint-Mandé. Nous allions à la patinoire de Joinville, mal fréquentée mais avec de la bonne musique, Schultheis, Plastic Bertrand, Umberto Tozzi, *ti amo, no solo, ti amo*. On patinait, vite, le bruit des lames sur la glace, le feu aux joues. Je me suis cassé la clavicule. L'interne de Boucicaut m'a fixé un corset aux épaules. Je l'ai vite caché sous mon lit. Il sentait la transpiration.

Le dimanche, c'était le cinéma sur les Champs, Lelouch, Belmondo, *La Boum*, notre film — « Je suis Pénélope, la meilleure amie de Vic. » Nikie, la mère d'Audrey, avait une Coccinelle. Nous traversions Paris, le Champ-de-Mars, la Concorde, les Tuileries, le bois de Boulogne, à ma demande.

Et nous avons quitté l'appartement de la rue Saint-Charles, les tours du front de Seine, le centre commercial, le pont de Javel, le métro aérien.

La vie sera douce en Suisse, avait promis ma mère.

2

Je n'aime pas Zürich. Je m'ennuie. Mon lycée ne ressemble pas à un vrai lycée, en brique, bas en prévision de la neige, rouge, orange, jaune, avec un petit terrain de sport et une forêt où nous courons le mercredi après-midi. Peu de classes, peu d'élèves, peu de professeurs, des cours de rattrapage d'allemand par correspondance, un réfectoire, un gymnase pour le volley et les barres asymétriques. J'arrive avec un mauvais dossier scolaire. Je vomis dès le premier jour. Le proviseur me convoque. Je dois m'adapter. Je dois m'intégrer. Je fuis les élèves. Je me sens seule et différente. Mon père manque à ma mère. Je l'entends au téléphone, « Le plus dur, c'est quand Paul disparaît après la douane. Je ne veux plus l'accompagner à l'aéroport. Son parfum reste dans la voiture. J'ai peur qu'il ne revienne pas. »

Je prends le bus pour rentrer du lycée de Gockhausen. J'ai toujours la même place. Je relis les lettres de Marge, « Il fait froid à Saint-Malo, les cours sont difficiles. Tu vas faire A ou C ? Moi peut-être B, section économique. Je suis passée au Pont, les villas étaient fermées, j'ai failli pleurer. J'ai croisé Rémi le prof de voile, il est vraiment mieux, bronzé. Ma mère me surveille. Je ne dois plus sortir, et toi ? C'est comment Zürich ? Une ville de vieux, non ? »

Je commence mes lettres dans le bus. Ma mère attend à la maison. Je regarde le lac, gris, bleu, les montagnes sombres qui l'entourent. Zürich est une ville froide. Je ne fais aucun effort. Je demande mon chemin en anglais, *Kirchen Fluntern, please ?*

Ma sœur aînée s'est inscrite à la Dolmet, une école d'interprètes. Elle aussi s'ennuie.

Elle a peu d'amis, des filles surtout. Elle attend le bal de Polytechnique, les vacances. Moi je n'attends rien. Je n'ai pas de projets. On dit que le ciel devient blanc avant la neige. Il doit neiger dans ma tête alors. Je regarde la télévision, j'écoute les disques de mon été. Mon corps est encore en vacances, près de la mer, près des vagues qui noient la digue. Je me regarde faire. Je me trouve immobile. J'ai souvent la nausée. Je crois tomber malade.

Tout semble si lent, si secret, si caché derrière les grandes maisons.

3

On opère Carol. Marge a disparu depuis notre dernier rendez-vous. On devait sortir ensemble dans une nouvelle boîte, sur les falaises. Elle est arrivée en retard, les cheveux crêpés, style new wave. Je me suis moquée d'elle, sa coiffure, sa tenue noire, son ceinturon, ses Doc Martens. On s'est disputées. Tu as changé depuis Zürich, Marie, je ne te reconnais plus. Je n'ai pas compris. Nous avons bu. J'ai voulu la prendre dans mes bras. Elle s'est reculée. Ne me touche pas, t'es nulle. Je lui ai dit que je la trouvais vulgaire, limite pute. Elle est partie sans moi vers les falaises. Je l'ai suivie, sur la plage, sur la digue, sur le chemin de terre. Elle courait. Je l'insultais. J'ai failli tomber. Nous sommes entrées sans payer. Je l'ai perdue. Il y avait un escalier au-dessus de la piste, en bois avec une rampe métallique. Je suis montée. Marge dansait, les yeux fermés, sur *Flesh for Fantasy*. Je suis sortie. J'avais la nausée. J'entendais la mer battre contre les falaises. J'ai repensé à l'enfance, au club ; la planche à voile, les feux de camp, la digue, l'orage, l'île aux trente cercueils, quatre femmes, quatre croix, quatre femmes en croix, les frères Rivet, les lunettes-bandeaux noires, les impers blancs, Brian Ferry, *Avalon*, le vélo, la mobylette, le stop, premier café au Chateaubriand, premier verre, Malibu orange, premier tube, *En rouge et noir*. Marge aussi avait changé. Je suis rentrée avec mon cousin Julien en voiture.

Je n'ai pas revu Marge depuis. Elle a oublié son sac dans la chambre, en cuir gris avec une boucle argent.

Je n'ai pas encore fouillé.

4

Je résiste trois mois à Diane. Je fréquente son opposée, Céline. Elle habite seule, un studio. Ses parents ont quitté Zürich pour Lausanne. Céline est restée. Ils ont confiance. Elle est sérieuse. Elle veut faire C. Je recopie ses devoirs de sciences dans les toilettes, avant les cours. Je la fais rire. Je l'attendris. Elle dit, « Je ne comprends pas comment tu fonctionnes. Tu as l'air triste et je te sens heureuse à l'intérieur. » Elle a peut-être raison. Je ne me connais pas assez. Céline a une petite moto. On descend en ville après le lycée, les rives du lac, les jardins, les maisons, les pédalos, les barques, les bateaux à moteur, le ponton du Palacio, un club en vue. Elle dîne à la maison, rushti, nature ou lardons ? Elle prend une douche avant ; cheveux en arrière, chemise ouverte sur tee-shirt blanc, pantalon beige, un nuage de Kouros. Elle ressemble à un garçon. Ce n'est pas le visage, très fin, mais plutôt ce qui se dégage du corps, l'aura, le rayon magnétique. Ma sœur l'adore. Elle lui tire les cartes, coupe ses cheveux, maquille ses yeux. Elles fument sur la terrasse, Camel et Rothmans bleu. Elle la questionne à mon sujet. Je vais en cours ? Je rends mes devoirs ? J'ai un mec ? Ma mère me croit en sécurité. Elle a raison. C'est Céline qui n'est pas en sécurité avec moi. Elle veut devenir architecte. Elle dessine bien. Elle fait des maquettes en carton. Elle a le sens des proportions. Moi je suis mauvaise en géométrie, je n'assimile pas les notions d'espace, dit le professeur. J'ai peur du vide. Je n'ai pas le vertige, j'ai peur du vide qui prendrait mon corps, comme un courant d'air. Je me demande souvent ce que nous serions sans la peau. Les choses sont bien faites. Les os sont habillés. Je passe mes dimanches dans le studio de Céline. Il sent le tabac et les œufs sur le plat. Il est petit et clair, grâce à une baie vitrée, l'élément commun aux maisons suisses. Elle m'explique les maths, la physique. Je lui raconte mes vacances à Saint-Malo, les fêtes, la plage, les nuits blanches. Nous fumons des bidis. Elle adore Jean-Jacques Goldman, moi je préfère Étienne Daho. J'ai l'album bleu avec le perroquet.

5

Un garçon que je ne connais pas, Luc, loue la maison à l'entrée du chemin. Elle est blanche avec un balcon, de grands volets, un parc, des sapins, des capucines près du garage, du lierre sur les murs. Elle ressemble à une maison de ville. Nous ramenons Luc un soir, de Saint-Briac. Il est sans voiture, avec une fille. Je suis seule avec Julien. Ils montent à l'arrière. La fille a les cheveux longs et frisés ; très maigre, pâle, nue sous une salopette. Julien conduit vite sur le barrage de la Rance. La route est déserte. L'eau tombe en cascade sous les pylônes. J'ai peur du bruit et de la nuit. C'est nouveau. C'est de l'angoisse, dit Julien. J'ai hâte de rentrer. On met la radio. La musique est noire cet été, Cure, New Order, Joy Division. C'était mieux avant, au Star Flash, route de Rothéneuf. On dansait, l'après-midi. Je n'avais pas peur, Robert Palmer, Jeanne Mas, Cap'tain Sensible. Avant. On descendait tous à la plage. On plongeait de la digue, sans mouiller la nuque. On nageait jusqu'aux bouées du chenal. On buvait du cidre. On faisait des photos Polaroïd. Carol dormait sur le voilier. Elle revenait, tôt le matin, avec des brioches. La mer monte, la mer monte ! criait-elle.

J'entends Luc dire à la fille, « Ça va être ta fête tout à l'heure. »

On les dépose devant la maison blanche. Luc ne marche pas droit. La fille le tient par la taille. Il ouvre la grille avec son pied. Quelqu'un attend sur le perron. Je ne vois pas son visage dans l'obscurité. Ils montent tous les trois.

Je reconnais le rire de Marge.

6

Je m'habitue à Zürich, la vieille ville, le lac, la forêt, la terrasse qu'il faut aménager, les chaises longues à la Cop, les graines pour les jardinières, les vitrines de la Bahnhofstrasse, les courses du mercredi, Benetton, Chevignon, le chocolat. On va à Engelberg, à Lucerne. Les élèves sont assez gentils avec moi. On m'aide en allemand. J'intègre l'équipe de volley. Zürich est jumelé à la ville de Turin. Une rencontre entre lycées aura lieu avant l'été.

On part en voyage de classe dans les Grisons. Trois jours pour faire connaissance, dit le proviseur. On dort dans un refuge, les filles d'un côté, les garçons de l'autre. Je n'aime pas l'odeur des corps. Je n'aime pas le bruit des duvets en plume. Je dors habillée. On se lève tôt, avant le soleil. On marche des heures, sac à dos, bâton, col roulé, anorak, sérieux, les uns derrière les autres, avec le bruit des pierres qui roulent sous nos pas. On ressemble à des prisonniers. Je me rapproche des élèves. Je me sens perdue dans les Grisons, sans téléphone, sans route à proximité, dépendante du groupe. L'eau des douches est glacée. On attend chacun son tour, avec une petite trousse de toilette, pieds nus, en robe de chambre. Sans faire exprès, je passe toujours après Diane. Je ne la regarde pas. Je fais couler l'eau longtemps après son corps. Je l'efface. Elle oublie son savon qui a la même odeur que son parfum. Le professeur a une radiocassette. Diane connaît toutes les chansons, *Honesty*, *Give a little bit*, *Feelings*. Elle chante bien. Je reste en retrait. Je chante faux. J'ai honte de cela. Deux garçons se battent pour préparer mon thé, nettoyer mes chaussures, ajuster mon sac. Je les laisse faire. C'est amusant. Je marche avec eux, en tête du cortège, vite, avant que la nuit tombe sur les montagnes.

On organise une fête au refuge la veille du départ. Les filles s'habillent, collant et jupe. On décore les murs avec des branches. On tamise la lumière avec nos vêtements. On pousse les meubles, la table, les chaises, le cellier. On danse des rocks, des slows. Un élève m'invite. Il est timide, les mains fixes, le ventre bien décollé de mon corps, la bouche ne cherchant jamais la mienne, très différent des garçons de Saint-Malo qui demandaient : Les filles sucent cet été ? Caresse-moi les tétons, j'adore ça. Tu couches ?

On sort après la fête. Nos corps étouffent dans le refuge. Nous sentons la sueur et le feu de bois. Il a neigé. Je n'ai pas froid. Le professeur allume des torches. On fait deux camps pour la bataille de boules de neige. Je reçois une pierre au front. Diane se précipite. Elle prend ma main que je retire.

Après, le proviseur convoque ma mère — je commence à m'épanouir, à m'adapter, il ne faut pas s'inquiéter.

7

Ma grand-mère tient son visage dans ses mains. Je saisis ses épaules. Elle n'aime pas qu'on la touche. Elle pleure. C'est la première fois que je la vois triste. Ma grand-mère est secrète. Elle était bonne pianiste. Elle a arrêté de jouer, sans raison. Elle a rencontré son mari pendant ses études, elle était la seule femme de sa promotion ; le diplôme, le mariage, le cabinet, les clients, beaucoup de travail, peu de repos. Mal dans les jambes et tous ces produits, cette odeur, et les gants qui lui brûlaient les mains.

— Tu vois, toutes ces années, les enfants que je n'ai pas vus grandir ; écouter les clients, rassurer, soigner et ma Carol, je suis fatiguée, fatiguée.

Ma grand-mère s'est toujours bien occupée de nous, la cuisine, les bains, le savon à la rose, les frictions d'eau de Cologne, la menthe contre la nausée, les Tic Tac en voiture, les voyages en hydroglisseur, Jersey, le port de Dinard, les concours du club, la gaufre sur la digue de Rochebonne, les chansons, *tous les Acadiens et toutes les Acadiennes* ; *Toréador ton cœur n'est pas en or*. Elle a rattrapé l'enfance.

— Je ne comprends pas pour Carol. Je n'ai rien vu. J'ai toujours senti le danger — la maison qu'il fallait quitter, le bombardement, notre cachette à Pipriac, l'asthme de ta mère, le cœur sensible de Nikie. Je savais faire, par instinct. Carol était la plus solide, grande, bien plus grande que moi. Elle a tout pris de son père, sportive, le bateau, le ski, je ne comprends pas, ma petite. Ce n'est pas juste, la vie.

Je pense à sa chambre, à Rennes, à la photographie de son mariage, à son regard, au sourire de mon grand-père. Je pense à son silence quand elle marche au bord de l'eau avec son petit chien et qu'elle fait semblant de ne pas nous voir sur le parking de la plage du Pont ; a-t-elle peur de nous gêner alors ? Ou sommes-nous de trop dans son secret qu'elle déroule comme le souvenir d'une autre vie, fictive et regrettée ?

Cet été, nous allons attendre, près du téléphone, des nouvelles de Carol. Nous ferons semblant pour Liz. Nous nous tiendrons prêts, à parler, à partir, pour Rennes.

Le ciel bleu, les marées d'équinoxe, la plage déserte le soir, la digue, les lumières du Sillon, Marge, n'auront plus d'importance.

8

Il neige à Zürich. La forêt est blanche. La glace flotte sur le lac. Elle fait des ombres. On dirait des corps sur un cimetière d'eau. On ne peut plus ouvrir les baies, bloquées par les congères. La lumière dans l'appartement devient brillante. C'est beau. C'est irréel. Je n'entends plus le tram de Fluntern. Je n'entends plus la ville. Michel et Olivier, deux garçons de ma classe, m'invitent à skier, un samedi. Je ne sais pas bien skier. Je ne dis rien. Je n'ai pas peur. Un bus quitte Fluntern à sept heures du matin. La station est à une heure de route. J'ai acheté une combinaison bleue, chez Globus, des skis Rossignol, des chaussures Tecnica, grises. Les garçons arrivent à l'heure. Michel s'assoit près de moi, Olivier derrière. Je reconnais certains élèves du lycée, Jane et les frères Yari. On se salue, de loin. Tout le monde va skier à Ebnat. La station est grande, les pistes dangereuses. Je ne veux pas parler. Je pense à la vitesse, aux murs de neige.

On prend les télésièges, le vent souffle fort. Je croise les jambes, mes skis me tirent vers le vide. Au sommet, j'avoue ne pas savoir bien skier. Michel descend comme un fou dans la poudreuse, très agile, pour me montrer. Olivier reste avec moi, doux et patient. J'apprends le dérapage, le slalom, le schuss. Le soleil revient sur la neige. Je tombe, souvent. Olivier attend, me relève. Je n'ai pas honte. J'ai envie de l'embrasser. Je me retiens à cause de Michel. Je l'aime bien lui aussi. Ils sont petits, à ma taille. Ils sont galants. Ils ont des voix douces et joyeuses. On s'arrête au chalet. Olivier ne me regarde pas dans les yeux. Il fixe la piste, les skieurs, les remonte-pentes, la chaîne des montagnes, comme une autre terre.

Je reconnais les frères Yari. Ils skient bien, tous les deux habillés en noir. Ils sont en classe de terminale. Ils m'intimident. Ils sont grands et musclés. Jane les rejoint avec son amie Molly. Diane arrive, très vite, comme portée au-dessus de la neige, suivie d'un jeune homme blond qui a l'air en colère.
Elle me fait signe de la main. Je veux rentrer chez moi.

9

Julien fut amoureux de Marge.

Ils se sont embrassés sur la plage, un soir. On faisait la course, Marge est tombée. Je les ai laissés. Marge était soucieuse de mon avis, est-ce que c'était bien pour elle ? et notre amitié ? et nos vacances ? Julien rayonnait. Moi aussi. Je vivais à travers lui. Je n'étais pas jalouse. Je me rapprochais de Marge. Elle entrait dans la famille. Elle me disait que l'amour ne comptait pas pour elle, qu'elle se lassait vite. Ils ne dormaient pas ensemble à la villa. Marge préférait ma chambre, « On est encore trop jeunes pour le truc. » Julien m'en voulait. Je passais avant lui. Il nous croisait sur la plage, sur la digue, au Chateaubriand, par hasard. Je volais Marge. Julien est parti pour l'Angleterre. Il lui écrivait tous les jours. Elle ne répondait pas. Elle l'a quitté à son retour. Il était furieux contre moi. Je n'ai rien dit. J'ai protégé Marge.

Julien me ressemble, surtout les yeux et le sourire. On s'est perdus à cause d'elle.

Il se méfiait de moi. Il passait ses vacances ailleurs, en Provence. Je le retrouve, cet été, à cause de Carol, à cause de la peur aussi. Avant on se cachait dans la dune, la fosse aux ronces, derrière le jardin. On se disait en sécurité, dans le ventre de la terre. Un soir on a dansé ensemble à Saint-Briac. On se serrait fort

dans les bras. Il y avait du monde, sur la piste, au bar. On se sentait seuls, à l'abri. Un garçon a voulu nous séparer. Julien l'a giflé. On a quitté le Rusty Club. J'ai entendu :
— C'est son mec ?
— Non, c'est son frère.
— Elle est vraiment dégueulasse, cette fille.

10

Je deviens amie avec deux filles de ma classe, Karin et Astrid. On se retrouve au lac, le samedi. On va au cinéma, chez Sprüngli, dans la vieille ville, le long du Limmatquai. Céline ne vient pas ; trop fille selon elle. Je les aime bien, surtout Karin. On a toutes les deux une passion pour Linda Evans, l'actrice de *Dynastie*. Ce n'est pas son jeu qui compte, ni ce feuilleton ridicule, ni Blake Carrington d'ailleurs. C'est sa voix, ses yeux, ses taches de rousseur. C'est son corps fin. C'est sa démarche. Ce sont ses mains qu'on aimerait avoir sur nos visages. C'est son ventre que j'aimerais avoir contre le mien, avant de m'endormir. Une femme lui ressemble au lycée. Elle roule en Range, elle porte des manteaux de fourrure et des jupes en cuir. Elle est « exagérée », dit Céline. Elle a deux filles, en maternelle. Sa voiture est immatriculée au Liechtenstein. Je la surnomme « la Princesse du Liecht ». Son mari a une usine de serviettes. Il fournit les bars, les hôtels, les restaurants. Ils sont très riches. Ils habitent au Dolder. Je passe le soir. Un policier surveille les villas cachées derrière les arbres. Karin vole le numéro de téléphone au baby-sitter. On appelle, à tour de rôle. On l'attend, dans le froid, sur la route de Gockhausen. On fait du stop. Elle ne s'arrête jamais. Les autres ne comprennent pas et se moquent.

Diane se rapproche d'Astrid. Elles ont fréquenté le même lycée à Vienne. Diane n'a plus son père. Sa mère voyage pour son travail. Elle invite Astrid, « J'ai la maison pour moi. »

Astrid n'a pas le droit de découcher. Ses parents ont peur. Elle est fragile et tête en l'air.

Nos mères se rencontrent. Elles déjeunent au Mövenpick. Elles parlent de nous — le lycée, l'éducation, la vie en Suisse, calme et protégée. La mère d'Astrid a quitté la Turquie. Elle se sent seule à Zürich. Son pays lui manque. Elle ne parle pas la langue. Son mari travaille trop. Ma mère lui conseille des livres, des films. La mère d'Astrid se méfie de moi. Je suis différente de sa fille, « trop fofolle ».

Je dors chez eux un jour, à la Toussaint. Je viens avec une vidéo, *L'Exorciste*. J'arrête les images les plus effrayantes avec la télécommande : la petite qui fait pipi devant les invités, la lévitation, la tête qui tourne.

Astrid pleure dans ses mains.

11

Liz saute de la fenêtre, fouille le cagibi, terrorise le petit chien. Elle a mes jeux, mes gestes. Elle reprend ma place d'enfant. Liz est gaie. Elle a déjà oublié l'anniversaire. Moi aussi j'aimais Saint-Malo, la balle au prisonnier, les Choco BN, le feu d'artifice, les bunkers de la Varde, les régates d'optimistes, la route de Rothéneuf, chaude et protégée du vent, les voix de mes tantes au loin, avant de m'endormir. Rien ne pouvait arriver. Nous étions vivants, au bord de l'eau, en grandes vacances. Liz ressemble à Carol. Elle a ses yeux bleus et ses cheveux blonds. Julien la prend sur ses épaules. Nous descendons à la plage, vers les rochers, là où nous avions cherché un poisson-chat un jour, pendant des heures. Ma grand-mère attendait en haut de l'escalier, inquiète, furieuse, avec la laisse du chien pour nous frapper, dans les jambes. Elle nous croyait noyés.

On a souvent dit que j'entraînais Julien pour le mur, les boîtes et l'alcool. Je ne crois pas. Julien est comme moi. Il aime la nuit, le Rusty, La Chaumière, le Penelope. Il cherche le visage qui se rapprochera le plus du rêve. Il cherche le corps qui consolera. Lui aussi a perdu Marge.

J'ai menti à Julien. Je n'ai rien dit sur Diane. Et je mens à Liz. Qui a appelé ?

Ils ont ouvert Carol.

12

Il fait assez froid pour la patinoire en plein air. J'y vais avec les filles, le vendredi soir après les cours. La musique est différente de la patinoire de Joinville, Spandau Ballet, Gazebo, Lionel Richie. Je retrouve les frères Yari, Jane, Molly. Je les regarde avec envie. Ils sont plus âgés, sûrs d'eux. Jane sort avec un Zurichois, Alex, qu'elle n'a pas honte d'embrasser devant tout le monde. Les frères Yari changent souvent d'amies, des filles qui ne sont pas du lycée. Chacune semble fière d'être là, prête à tout. Elles restent sur les gradins. Elles attendent dans le vent.

Diane vient avec le jeune homme blond que j'ai vu à Ebnat. Il serre sa taille, glisse derrière elle. Diane se dégage. Elle prend le bras de Karin, essaie un virage en ligne, sur un pied, telle une danseuse. Elle chante, *hello is it me you're looking for ?* Je prie pour qu'elle tombe.

Astrid part toujours la première. Son père attend sur le parking. Je refuse qu'il me raccompagne. C'est trop tôt. Je ne veux rien manquer.

Je patine dans la nuit. La glace est éclairée. Je vais vite. L'air sent le feu. Les montagnes encerclent. La forêt est silencieuse sous la neige, du cristal froid.

Je suis libre.

13

Marge n'a pas appelé. J'ai laissé un message à son frère. Elle a découché. C'est la première fois qu'elle manque mon anniversaire. Elle n'a pas oublié. Elle fait exprès. Je fouille son sac — du parfum, un rouge à lèvres, un agenda avec deux lettres ouvertes, un trousseau de clés, des médicaments. Je regarde la boîte, Adepal, contraceptif oral, lire précautions d'emploi et contre-indications à l'intérieur. Il manque trois pilules, jeudi, vendredi, samedi.

Marge me dit bizarre avec les garçons. Ça ne va jamais, comme un vêtement qui tombe mal. À chaque fois ça jure. Marge n'est pas jalouse. Elle arrange même mes rendez-vous. Elle connaît mes goûts, petit et brun. Elle dit, « Celui-là, c'est le bon. » Je me regarde faire, mes mains, ma langue dans leur bouche, mes hanches, mon ventre contre leur sexe. Je m'entends. Je joue. Marge a raison. Je suis bizarre et en retrait. Il manque toujours quelque chose avec un garçon. L'ennui prend, dans le corps, dans les baisers, dans les caresses. Ce n'est jamais normal avec un garçon. Il ne se passe rien, ni à l'intérieur d'eux ni à l'intérieur de moi-même. Ça ne circule pas. C'est déjà mort. C'est déjà le corps ruiné. C'est déjà la peau grise et le sang noir. Il n'y a pas d'histoire avec un garçon. Rien ne bat. Rien ne se transforme.

Je quitte vite, sans explication. On ne m'en veut pas. C'est mieux ainsi.

Je ne suis pas sans désir. Je suis sans amour.

14

Zürich devient mon refuge. Je marche au bord du lac. Je regarde derrière les fenêtres des maisons. Je me sens seule et différente. On me trouve particulière. Je finis par l'accepter. J'ai peur d'être folle. Ma mère dit que je suis plus sensible que la moyenne, que je ne suis pas une fille comme les autres, qu'elle l'a tout de suite vu, à mes yeux, à mes crises d'angoisse. Je marche dans la neige. Je rêve de me perdre, qu'on ne me retrouve plus, qu'une autre famille m'accueille et me soigne. J'aime bien ma famille. Mon père me manque mais je ne souffre pas. Je refuse. Je prends sa place. J'en profite. Je fais ce que je veux, pour mes vêtements, mes devoirs, mes loisirs. Je dors peu. Je regarde la télévision, les feuilletons surtout, comme des rendez-vous. Je traîne dans le sous-sol de l'immeuble, au parking, dans l'abri antiatomique que chaque foyer a le devoir d'aménager et de remplir, de pâtes, de conserves, de bouteilles d'eau. J'attends la guerre.

J'ai l'impression d'être suivie. Je suis suivie par une autre que moi, quelqu'un de mieux, de stable. J'espionne ma sœur. Elle tient un journal que je lis non pour apprendre des choses sur elle mais pour découvrir ce qui me manque. Elle a rencontré un garçon à Paris, Éric. Ma mère la trouvait trop jeune pour la laisser. Éric est en première année de droit. Il habite encore chez ses parents. Je crois que ma mère ne voulait pas rester seule avec moi. Souvent, je prends l'autre téléphone, j'entends « Tu me manques, je ne peux pas vivre sans toi. »

Je n'écris pas à mes amis de Paris. Je les ai oubliés, même celui que j'ai embrassé à la fête de fin d'année par ennui. J'écris à Marge. Je lui écris les lettres que j'aimerais recevoir ; les siennes sont trop courtes et ne parlent jamais assez de moi.

15

Luc organise des rendez-vous aveugles. Chacun choisit son partenaire et monte aux étages. Les filles sont vierges d'après la rumeur. C'est comme une initiation, sans sentiments, un passage. On se débarrasse de son corps d'enfant et on n'en parle plus. C'est facile, rapide et anonyme ; pas d'histoires, pas de jalousie, pas de comptes à rendre. Luc recrute à la plage, au café, en boîte. Chacun doit tenir le secret s'il veut revenir et recommencer. Il propose une « séance » à Audrey, qui refuse. Il lui a demandé de réfléchir et de m'en parler.

Audrey dit que c'est risqué à cause du sida.

Je vais souvent vers la maison blanche. Le parc est désert. Il y a des vélos devant la porte du garage. Les volets sont fermés. La nuit, j'entends de la musique puis des cris dans le chemin qui descend vers la mer. Des baigneurs ou les filles ? Pour moi les cris de jouissance ressemblent aux cris de quelqu'un qu'on assassine. Je me souviens de cette femme à l'hôtel du Perroquet, une pension dans les Alpes où j'avais passé des vacances, petite, à cause d'une bronchite. À minuit pile, elle gémissait derrière le mur de ma chambre. Je la croyais sous la menace d'un couteau, en grand danger. Je voulais appeler le réceptionniste, la sauver. Ma sœur se moquait. Elle disait, « Ce sont les choses de la vie. »

Moi, j'entendais les choses de la mort.

16

J'arrive en retard au lycée de Gockhausen. Les élèves sont en cours. Je n'ai plus ma place. Une seule chaise reste, près de Diane. Je dois m'asseoir à côté d'elle. Je sors mes affaires, mon cahier, *Les Célibataires* de Montherlant. J'aime ce livre. Deux garçons ressemblent aux célibataires, Pierre et Edmond. Toujours ensemble, dans les couloirs, au réfectoire, dans le bus. Pierre aide Edmond à mettre son manteau, porte ses affaires, lui tient la porte. Edmond attend Pierre. Il y a de l'habitude et de la fatigue chez ces deux garçons que nos rires énervent. Ils sont dispensés de gym et de piscine. Ils ne sont pas venus dans les Grisons. Ils sont grands et maigres, avec la même voix, le même dégoût sur les lèvres, les mêmes attitudes inquiètes. Je les croise le samedi au bord du lac ; ils font semblant de ne pas me voir. Ils mangent des sandwichs sur un banc ; Edmond tient une Thermos dans sa main, Pierre jette sa mie aux cygnes. La jeunesse ne prend pas sur eux. Leurs corps s'aimantent. Edmond se reconnaît dans Pierre et Pierre se retrouve dans Edmond. Chacun défend l'autre ; à deux ils sont forts et parfois méchants.

Edmond me pousse violemment à la cantine quand je vole un jour le tour de Pierre.

Je ne regarde pas Diane. Je ne remercie pas quand

elle retire son manteau de ma chaise. Je ne demande pas le numéro de la page à étudier. Je n'emprunte pas le stylo rouge qui me manque.

A-t-elle dit quelque chose ? Je ne sais pas. Je ne veux pas savoir. Je n'entends rien. Ni la sonnerie, ni le professeur quitter la salle, ni les élèves qui se lèvent. On ouvre les fenêtres. Je ne sens pas le froid sur mon visage.

17

Je cherche Marge sur la plage, à droite, vers la digue, où nous avons l'habitude de nous retrouver. La plage du Pont, toute l'année à y penser, à refaire le trajet dans ma tête, les villas, le chant des tourterelles dans les sapins, l'odeur du mimosa, le petit chemin, les escaliers en pierre grise, la cabine du sauveteur, le parking où Marge attachait son vélo, l'île de Cézembre, du Davier, les familles, Porcro, Poussin, Rivet. Je connais tout le monde ici. Chacun a sa place, près de l'eau, contre le muret, vers le club. Avant, je me croyais protégée, par la mer, par les visages, par les moniteurs qui m'avaient vue grandir. Mon corps dépendait de cet ordre ; mes histoires, de cet équilibre. J'avais mes rites, le pique-nique, la baignade, les courses de planche à voile, les falaises de la Varde, le sable chaud, les épaules d'Antoine, le ventre d'Arnaud, la voix de Julien, Marge, les soirées qui se préparaient, les rendez-vous au Café, les fêtes, intramuros ou à Dinard, la voiture à trouver, le garçon à suivre. Marge ne me cachait rien. J'étais son amie. Je savais tout d'elle. Elle savait tout de moi. Je me sentais en sécurité. Marge a disparu. Carol est malade. J'ai peur de la nuit.

Je me souviens de Marge lors des dernières marées d'équinoxe, prise dans les vagues et les rouleaux blancs. Je me souviens de son rire.

Marge n'avait pas peur. Marge me portait.

18

Le mercredi, on court dans la forêt de Gockhausen. Les garçons restent au gymnase. On balise la piste par des points de peinture rouge sur les arbres. On traverse le bois, jusqu'à la clairière.

Un jour il neige plus fort que d'habitude. La forêt est blanche, invisible, piégée à cause des branches, des ronces et des fougères. J'entends des rires derrière moi. Les voix se séparent. Je suis seule. Je perds mon chemin. Je cours. La neige encercle. Je ne m'arrête pas. Je suis excitée. Ma peau brûle. J'ai du désir dans mon ventre. Un désir qui ne repose sur rien, nourri de ma chair. Rien de Saint-Malo, ni Antoine, ni Arnaud, ni les inconnus que j'embrasse dans mes rêves. Rien de Zürich, ni Olivier ni Michel, ni ce garçon, plus jeune que moi, Gil, qui me regarde dans les couloirs du lycée. Rien de la télévision, ni les corps anonymes ni les images pornographiques. C'est un désir sans objet, sans réalité, lié à la forêt, à la neige, au silence. Je ne sens plus mes jambes. Je suis triste et heureuse. Je suis seule et envahie. Je veux rire et pleurer. Je tombe amoureuse, je crois, sans reconnaître le visage de celui que j'aime soudain plus que moi.

19

Je remonte aux villas. Je préfère le soleil du jardin, loin de la plage. Audrey, dans l'herbe, « Si tu fixes le ciel, tu as le vertige à l'envers. » Je n'essaie pas. J'ai peur du vide. Il creuse l'intérieur de mon corps, en secret. Personne ne sait pour Diane.

Personne ne comprendrait. Je n'ai rien dit à Audrey. Elle n'aime pas Marge. Elle détesterait Diane. La lumière est belle. Il fait doux. Nous sommes protégées du vent. Jean téléphone. Ma grand-mère pleure quand elle raccroche. Elle me demande d'appeler ma mère à Zürich.

Je suis heureuse de partir. Ma vie sera plus simple. Ma mère a dit que ça passerait avec le temps. Moi je ne crois pas. Je n'oublierai jamais Zürich. Je n'oublierai jamais Diane. Je n'oublierai jamais cet été où nous perdons Carol. J'étais à Saint-Malo quand ma mère avait trouvé l'appartement. Je serai encore à Saint-Malo lorsqu'elle le fermera. Je ne sais pas où je vais aller après les vacances. Paris, Ferney, Rennes ? Ferney est trop proche de la Suisse. J'aurais préféré l'Afrique ou l'Australie.

J'entends venir sur les graviers. C'est Marge.

— Je viens prendre mon sac.
— Tu veux boire quelque chose ?
— Je ne suis pas seule.

Je vais chercher son sac. Marge me regarde. Je crois qu'elle a envie de me gifler. Elle dit, « Cette couleur te va bien. » Je ne réponds pas. Tu es fâchée, Marge ? Tu m'en veux ? Tu dors où ? J'ai besoin de toi, Marge. J'ai envie de l'embrasser. On ne se connaît plus, ni la voix, ni les yeux, ni la peau. Elle quitte la maison. Je la suis. Elle n'attend pas. Elle descend le chemin qui va vers la mer. Je l'entends rire avec Luc.

Je porte le polo rouge que Diane m'a offert.

20

Il y a une fête au 12, Urania Strasse chez Mark Olson, un Américain qui habite un immeuble moderne, comme le mien, au dernier étage, avec un jardin d'hiver. On est trop nombreux. Jane passe au travers d'une baie vitrée. Les pompiers ont cru à une tentative de suicide, du verre a coupé son poignet. Ils nous ont interrogés, les uns après les autres. Ils ont vérifié nos papiers. Jane ne veut pas mourir. Elle est amoureuse d'Alex. Après l'accident, ils s'enferment dans une chambre. On danse, Herbie Hancock, Rappers Delight. On boit des piña colada. Jane sort.

Elle demande à Mark, « Tu as des préservatifs ? »

Je vais derrière les platines. Je mets le casque. Je ne veux pas entendre Jane gémir. Elle est loin mais je sais ce qui va arriver. J'entendrai, malgré les autres, malgré le bruit. Je sais. Je ne supporte pas. C'est un slow de Foreigner, *Waiting for a Girl Like You*. Moi aussi j'attends quelqu'un. Qui ? Je pense à Jane, à son corps, à sa voix. Je pense à Alex, à ses mains, à ses hanches. Je pense au sang qu'on vient de nettoyer. Je pense à la sirène des pompiers. Je pense à la peau qui s'ouvre. Je pense aux ventres qui battent l'un sur l'autre. Je pense à la mort. Gil m'invite à danser, ses vêtements sentent la neige. Il vient d'arriver. Il est trop jeune. Céline me regarde. Elle rit. Elle sait que Gil est amoureux de moi. Il ne m'embrasse pas. On parle du lycée, du ski, de mon quartier, de Paris. Je raconte l'hôtel Niko, le Grenel's, la piscine Keller. Je m'ennuie. Je demande à Mark si Diane est invitée. Elle passe le week-end à Genève. Je danse sur *Beat it* de Michael Jackson. Je me déteste. Toutes les filles rêvent de Gil. On dit qu'il ressemble à Gregory Peck.

Je veux rentrer chez moi.

21

C'est ma mère qui appelle la première. Elle part pour Rennes, ma sœur la rejoindra. Carol veut les voir, toutes les deux, comme avant, au Thabor, le parc aux roses. Carol va mourir. Il ne faut encore rien dire à Liz. Carol ne peut pas voir ses filles. C'est trop difficile. Il faut aider Nikie et ma grand-mère. Nous sommes grands maintenant, grands et raisonnables. Ma mère dit qu'elle m'aime, très fort. Elle le dit, plusieurs fois. Il fait si chaud à Zürich, des voiliers sur le lac, des bateaux à moteur, des gens en maillot sur les pontons. Elle a un mauvais pressentiment. La voix de Carol était triste au téléphone. Elle lui a demandé de l'emmener loin. Retourner à Zürich. Voir l'appartement l'été et la jolie vue et la vieille ville et cette tranquillité suisse où rien de grave ne peut arriver. Son corps se remettrait là-bas, à l'air de la montagne.

Ma mère dormira dans la grande maison de Rennes où rien n'a changé, le jardin, le potager, la cuisine près de la cave, sa chambre sous les combles, où elle écrivait ses poèmes, où elle écoutait du jazz, où Carol lui montait des yaourts quand elle avait de l'asthme, *je tourne, je tourne, je tourne le lait, Helen*. Ma sœur viendra. Ma sœur, la première petite-fille de la famille. Carol avait treize ans quand elle est née. C'est important qu'elle soit là. Ma mère veut voir le chirurgien, « Est-ce vraiment la fin ? »

Et le beau mois d'août à Saint-Malo ? Je ne fais rien de mal au moins ? Céline a demandé de mes nouvelles. Elle passe son été à Zürich. Elle fait un stage chez un architecte. Elle a été déçue que je parte ainsi, sans dire au revoir, comme une voleuse.

22

Il fait moins quinze degrés à Zürich et je n'ai plus froid. Je marche dans la neige avec Céline. On descend de Kirchen Fluntern à pied. Je lui montre le Niederdorf, l'église Fraumünster, les rues étroites, les santons, les petites bougies rouges dans la vitrine de Sprüngli, les maisons du Seefeld, le lac qui ressemble à un champ de sel. La ville est silencieuse sous les montagnes massives. Les tramways ne circulent plus. Tout s'est arrêté. Tout couve sous la neige. Quelque chose va arriver. Quelque chose à l'intérieur de moi. C'est une vision. C'est un avertissement. Je crois changer. Ça se brise sous ma peau. Ça se défait. Ça se révèle. Je fais du feu dans la cheminée de ciment. Je creuse avec une pelle la neige qui monte contre les baies. Je n'attends plus les lettres de Marge. Je ne téléphone plus. Je m'amuse dans la ville assiégée. Le lycée de Gockhausen est fermé. La route est dangereuse avec les virages et la forêt. Je vais au cinéma. Je vois tout, Coppola, Lelouch, Travolta, les reprises, *Le Bal des vampires*, le cycle Hitchcock. Céline ne comprend pas ma passion pour *Flashdance*. Pourquoi acheter la musique, Irene Cara, *What a Feeling* ? Pourquoi découper dans le journal une photo de l'actrice, Jennifer Beals ?

23

Il pleut au Pont. La mer est grise, le sable trempé. Je marche sur la digue. Je monte aux falaises de la Varde ; les bunkers, le mirador, les ruines de l'hôpital de guerre, les vallons creusés par les obus. Je pense aux hommes blessés. Je pense au bruit des avions. Je pense à la mer en feu. Il fait chaud à Rennes. La clinique est en dehors de la ville. Ma mère prend le bus. Elle passe au Monoprix acheter de l'eau de Cologne, un brumisateur, du coton pour les yeux. Carol se maquille encore un peu. Ma mère va dans sa maison, la cuisine en travaux, sa chambre, les volets clos. Elle prend quelques affaires, chemise, tee-shirt en coton, pantalon de jogging, KL de Lagerfeld. Elle voit dans l'armoire la robe noire à fines rayures qu'elles avaient achetée ensemble Bahnhofstrasse. Carol n'a pas changé, amaigrie peut-être. Carol a toujours été très fine. La clinique est petite. Les infirmières sont gentilles. Le chirurgien est pessimiste. Il faut attendre maintenant. Attendre l'évolution des choses. C'est une histoire à l'intérieur du corps. C'est un secret qui va se révéler. C'est comme les visages sur le papier du Polaroïd. Attendre. Attendre la vérité. Sa chambre à la clinique, le store, le placard en métal, le coin toilette, la photo des enfants sur sa table de chevet. L'odeur qui reste sur la peau, sur les vêtements, l'éther, l'alcool.

Son bras blessé par la perfusion, son ventre, la morphine. Carol lave ses beaux cheveux dans le lavabo. Ce n'est pas pratique. Il faut l'aider. Puis le bus, la rue, les gens qui ne sont pas en vacances, le bruit des voitures, la place de la Mairie, la maison près du Thabor, le jardin, les roses, la peur de la mort, le ciel bleu, le parfum des fleurs qui devient insupportable, comme la douceur de l'air, comme le soleil sur les mains, comme la chanson dans le petit poste de radio, *je ne peux plus me réveiller, rien à faire, sans moi le monde peut bien tourner, à l'envers.*

24

La neige se retire, de la ville, de la terrasse, des routes. Seules restent les montagnes, géantes, presque transparentes au sommet.

Les montagnes, l'autre terre. Derrière les montagnes, une autre vie.

Zürich est une petite ville retenue par un lac qui ressemble à la mer quand il y a du vent. Une mer glacée et profonde. La forêt de Gockhausen a changé. Elle est moins dense, comme après un incendie. On dit que c'est le sel de la neige qui brûle. Céline ne veut plus prendre sa moto. Les routes sont abîmées. Je monte en bus. J'ai toujours la même place, au fond près d'une fenêtre ; les virages, la voix du chauffeur qui annonce les stations, Gockhausen, terminus. Il faut encore marcher jusqu'au lycée, en mocassins, en manteau, les mains dans les poches, au petit matin. Il fait encore nuit. Il fait froid. Je suis heureuse de revenir au lycée. On m'attend ? Qui ? Personne. C'est moi qui attends. Comme j'attendais enfant une fille qui me ressemblât. Elle n'est jamais venue. J'ai fini par l'inventer. On disait alors, « C'est normal que Marie parle toute seule dans sa chambre ? Il ne faudrait pas la montrer à un spécialiste ? »

25

Ma mère appelle le soir aux villas. Sa voix lente raconte, la maison, les allers-retours, la clinique, Jean, perdu, Carol, perdue, il faut faire semblant, acheter des livres, cueillir des roses du jardin, écouter la radio, il faut tenir, on verra, ça va aller, et Liz, et Nikie, et Marge ?

Ses appels dans les petites villas au bord de l'eau. Le téléphone quand on est à table. Cacher. Faire semblant pour Liz. Sa voix qui n'attend pas ma voix. Sa voix qui n'est plus la voix d'une mère. Carol est sa sœur. Carol est sa petite sœur. Ma mère devient Helen, *petite mère*. Ma sœur est à Rennes. Elle vient sans Éric. Il ne faut pas dire pour Zürich. Il ne faut pas dire pour Marie, son histoire avec Diane. Ça passera, tu sais. Ça passe, ces choses. Ça ne compte pas. Ça n'existe pas. C'est la peur qui fait ça. La peur, ça met la tête à l'envers. Ma sœur accompagne, en bus, en voiture. Elle doit suivre l'histoire. Elle doit attendre le dénouement. Elle doit guetter la vérité. Il fait si chaud à Rennes. Ce n'est pas la mer. Ce n'est pas le vent. Ce n'est pas la route de la Rance. C'est douloureux de se réveiller avec ça en tête, le corps de Carol. Elle veut aller à Zürich, partir le plus vite possible, avec Jean, avec toute la famille. Elle veut revoir les montagnes qui entêtent. Elle veut marcher, la forêt du Dolder, Crans,

Einsiedeln. Et après ? On ne parle pas d'après. Carol ne va pas mourir, c'est impossible, on trouvera. Le docteur ne répond pas la nuit chez lui. Il a débranché son téléphone. Il fuit dans les couloirs. Il a peur. C'est drôle un docteur qui a peur. Il faudrait le consoler. Il s'est attaché, au cours des séances, au cours des opérations, intérieur-extérieur, ce n'est rien un corps, ça se retourne, ça se vide, ça se dénude, ça se fouille, ce n'est rien la peau, c'est la chair qui compte, ce qu'on ne voit pas. Il faut augmenter la morphine, dit ma mère, ça allait mieux hier, j'ai acheté une tarte aux fraises et on a bien ri.

26

C'est l'anniversaire de Diane. Elle invite toute la classe. Diane habite Uster. Je prends le train de dix-neuf heures avec Céline. J'ai un bruit dans ma tête. Ce sont les roues sur les rails. C'est Céline qui me surveille. C'est le contrôleur qui demande mon billet. C'est la peur. J'ai peur de Diane. Je veux rentrer. Je déteste cette fille. Je l'aime et je la déteste à la fois. Est-ce possible ? Les rails, les champs, la campagne, le bruit métallique, la nuit, vraiment, je veux rentrer. Ce n'est pas prudent, cette fête. C'est dangereux d'aller chez cette fille. Ce n'est pas Marge. Ce n'est pas Céline. C'est Diane. Je dois rentrer. C'est évident.

Diane a fait un plan sur la carte d'invitation, la gare, première à droite, le pont, descendre l'allée de Stadelplatz, numéro 5, une maison, trois étages, de la musique, *too shy shy, hush hush, eye to eye*, un garage ouvert, une voiture, un jardin, de la musique encore, *wouldn't be good to be on your side*, Uster, la maison de Diane. Céline a des santiags. J'ai un appareil photo dans mon sac. Diane ouvre la porte, « Je suis heureuse que tu sois là. » Et Céline ? Tu n'es pas heureuse de voir Céline ? Pourquoi moi ? Moi, je suis triste d'être ici, dans ta maison d'Uster, si tu savais comme je suis triste, Diane, de t'entendre, de te regarder danser, d'être à ta fête, de voir le mal que tu t'es donné, le champagne, le buffet, les gâteaux, triste au deuxième étage quand tu me montres ta chambre, triste d'avoir accepté de revenir, bientôt, oui je suis triste de danser avec Olivier, de rire avec Céline et les filles, triste de te prendre en photo, ton beau visage, Diane, tes cheveux et tes yeux, comme l'actrice de *Flashdance*, tout cela est d'une tristesse infinie, triste de ne pas savoir qui je suis, triste à en pleurer, dans ta maison, chez toi, triste de traverser ton jardin dans la neige, triste de te trouver si belle, triste de t'avoir rencontrée. Comment cela a pu arriver, Diane ? Et cette chanson d'Elton John, *how wonderful life is, when you're in the world*. C'est horrible que tu existes Diane. Je dois tout refaire à l'envers, l'enfance, ce qu'on m'avait dit, l'homme de mes rêves, le prince et la princesse, la légende. Moi, je n'aurai pas peur de faire l'amour avec toi. Ce sera plus qu'avec un garçon. Il ne manquera rien, là. Ce sera la vie, la Vie heureuse.

27

Marge est le fantôme de mon enfance. Je crois la voir près des barrières blanches du club, sur la digue, près de la mer sous la pluie. Marge est le fantôme de ce qui reste de moi. La maison blanche est silencieuse. Nos villas sont glaciales. La route de Saint-Briac est dangereuse avec la pluie. Le pont de la Rance est glissant. Un garçon de la plage s'est tué en voiture. La mort entre dans l'été. Klaus Nomi se maquillait. Il portait un smoking et un nœud papillon. Klaus Nomi chantait l'opéra. Liz ne sait pas pour Carol. Le cancer est un vrai secret. Je cherche Marge sur les falaises le jour, la nuit, dans cette boîte que je n'aime pas, L'Escalier. On y va quand même. C'est près de la maison. On y va à pied. Audrey prend un couteau dans son sac. On ne sait jamais. La mort est dans notre été. Carol est malade. Toute notre famille est malade. Ma sœur appelle au téléphone. Elle dit que c'est difficile de voir Carol ainsi, la peau, le visage, le ventre. Elle étouffe à Rennes : la clinique, les allers-retours, la maison près du Thabor qui fait toujours aussi peur, avec l'horloge, minuit l'heure du crime, avec la cave, avec le fond du jardin, noir, et les ombres sur les murs. Que doit-on dire à Liz ? Avec sa mère, sans sa mère. Le bateau, la clinique. En vie, finie. Comment peut-on expliquer ? Le rire, le silence. Le corps, la chair. Les yeux, le noir.

Les mains dans les cheveux, le froid. La douceur de l'été, le vide. La maison, l'absence. Les parents, le père. Comment peut-on dire ?

Je cherche Marge. Je vois Luc, la fille pâle qui se frotte contre lui. Il est chaud ce mec, dit Julien. Marge doit être bien triste si elle est amoureuse. Allons sur la terrasse. J'entends la mer en bas, profonde et noire, qui monte. Ne nous approchons pas. On pourrait tomber. Je rencontre un garçon, il m'embrasse, il me caresse, il ouvre sa chemise, je le laisse.

Tu as raison Marge, j'ai changé depuis Zürich.

28

Je change. Se rassemblent à l'intérieur de moi toutes les forces qui avant se séparaient. Mon sommeil est profond. Diane me veille. Elle revient en rêve, la patinoire, la forêt, son corps sur les barres asymétriques, en équilibre. Elle vient dans les images inédites. Elle guérit la solitude. Elle est près du lac, derrière une maison blanche, dans la neige, dans mon visage, dans mes mains. Diane me suivait sans se faire voir. Diane, l'hologramme. Diane respire sous ma peau. Je n'ai plus peur. Je n'écris plus. Je suis à Zürich, je veux rester. J'ai un secret, une foudre. Est-ce que Diane va appeler ? Quand reviendrai-je chez elle ? Quelle tenue ? Quel parfum ? Qui saura alors ? Qui remarquera ? Je changerai de place en cours. Je changerai de vie. Je regarde ma sœur. Je regarde ma mère. Mon père viendra bientôt. Nous fêterons Noël. La table sera belle. Je serai là. Je serai en vrai. Se mêlera aux voix une autre voix. Se mêlera au silence un autre silence.

Diane est dans l'ombre que j'étreins.

Je commence à m'aimer.

29

Julien a peur de perdre Carol. Julien a peur de regarder Liz. Julien ne répond plus au téléphone. Julien me serre dans ses bras. Tu sens bon Marie et j'aime la couleur de tes cheveux après la mer, on dirait du miel. Tu ne me ressembles pas. Danse avec moi. Marge nous regarde et elle a l'air triste. Julien porte le parfum de Céline. Il suffit de fermer les yeux. Il suffit de penser à Carol. Julien et moi, les deux sangs réunis. Nous sauverons Carol. Est-ce que Marge fait attention ? Est-ce qu'elle utilise des préservatifs ? Est-ce qu'il faut cracher après avoir embrassé ? Non. Mais on a le droit de cracher si on n'aime pas l'autre, si rien ne passe et ne se transforme après le baiser, si le visage reste blanc, si le corps reste étranger, si on ne lui a rien pris ni rien donné, alors il faut cracher ce qu'on a dans la bouche. Marge me déteste. Elle ne regarde plus. Elle danse. Marge est en vie. Marge est dans l'été. Marge s'amuse. Marge fait du bateau. Marge prend le soleil. C'est les vacances. C'est ma chanson préférée de Madonna, *Holidays*. Marge ne saura rien de Carol. Marge ne saura rien de Diane. Julien va me ramener à la plage du Pont. Nous allons quitter Marge. Sait-elle que j'ai du désir pour Julien ? Qu'il m'embrassera près du club où nous jouions enfants ? Je penserai à sa langue, à son désir. Par Julien, je l'embrasserai elle aussi. Je saurai son odeur, son humidité. Et il faudra vite remonter aux villas avant de jouir.

30

Diane appelle le lendemain de la fête avant la nuit. Quand la lumière des montagnes rejoint la lumière du lac. Quand la neige plonge dans l'eau. Quand le lac devient le ciel. Diane appelle. C'est ma sœur qui prend. Ma sœur et Diane, ensemble, « Je vais la chercher, ne quittez pas, oui à bientôt peut-être. » Je ne veux pas présenter Diane. Rien ne circulera. C'est pour toi Marie. Elle a une belle voix cette fille, c'est qui ? ça vient d'où, Diane ? Elle a un petit accent quand elle prononce ton prénom, Méri. Diane, c'est joli.

Je ne veux pas la partager. Personne ne doit entendre sa voix. On ouvre mon secret. Il ne faut rien dire sur Diane. Aucun mot n'irait. Il faut regarder, les mains, les yeux noirs, les cheveux bouclés, et la bouche, les dents quand elle sourit ; les vêtements, les petites chemises sous le blouson de ski, bien ouvertes, la peau, les grains de beauté, aucun mot, juste retenir le nom de son parfum, Opium. Juste entendre sa voix au téléphone, « Je veux te voir. » Juste apprendre son numéro et son adresse.

Tout tenir en soi et ne jamais être volée.

31

La mort vient, dit ma mère au téléphone, dans la nuit, avant de sortir, comme si ses mots devaient me suivre après sa voix, et me hanter. Je cherche, au Rusty, au Penelope, à La Chaumière. Je n'entends plus la musique. Je ne danse pas. Je cherche le visage qui console. Se superpose aux corps des garçons le corps de Diane. La mort arrive, dit ma mère, et je mens, je promets la Suisse, Carol ne peut plus voyager. J'ai retrouvé les photographies de cet hiver, Bahnhofstrasse, au Dolder, à l'appartement. Je la vois dans le jardin du Thabor, petite, sur le manège où le gardien avait trouvé un nid de vipères. Carol et ses beaux cheveux, dans la grande maison, sa chambre au premier, avec le lit à baldaquin, les portraits par l'amie de Bonnard, Carol, notre histoire. Et dans son corps, je retrouve la couleur de ma peau, le son de ma voix, son regard. Jean la cherche dans mes yeux.

La mort vient, dit ma mère, et moi je suis sur le barrage de la Rance : les pylônes, le vent, la voiture, la voix de Klaus Nomi, le corps de Julien, ses mains sur le volant, le bruit des câbles du bateau, *la mer monte, la mer monte !* criait Carol, et je crois me noyer.

32

On espère beaucoup d'une fille, de son histoire, de son corps. C'est un grand mystère une fille. Diane est un mensonge. Je la cache. Je prends sa vie. Je marche à ses côtés. Je vois son visage sous l'eau du lac. Je lui écris des lettres qu'elle ne recevra jamais. Je la fais danser. Je la fais rire. Je la suis dans la forêt. Je recommence la légende, le prince et la princesse. J'entends une chanson douce. Je pense à ce livre que je n'ai pas lu, que je voyais enfant dans la bibliothèque, *Le Docteur Jivago*. Je voyage en train. Je cours dans la neige. Je monte à cheval. Je raconte une histoire. Je n'ai plus froid. Diane a appelé. Diane veut me voir, en dehors du lycée. Astrid, Karin et Céline ne sauront pas. Je reste sur la terrasse. Je regarde après les montagnes, les rails du train, la gare d'Uster, son pantalon et son corsage, le parfum, les chaussures à talons, les ongles, le brillant sur les lèvres, la petite croix en or autour du cou, le slow, *Waiting for a Girl Like You* ; ce mot d'un garçon, « Elle est sexe, Diane. »

Diane veut me revoir. Ma mère ne saura pas. Diane ne remplace pas ma mère. Ce n'est pas ça l'histoire des filles. C'est autre chose. Ce n'est pas le souvenir de l'enfance, l'odeur de la peau et du lait, la petite voix qui endort, les mains qui soignent. Ce n'est pas cela, aimer une fille. Ça ne remplace rien. Ce n'est pas nostalgique. Ce n'est pas détester les hommes non plus. C'est plus dangereux, une fille. C'est plus risqué. Et ce n'est pas s'aimer. On n'est plus une fille avec une fille. On ne se retrouve pas en elle. On ne comble pas et on ne manque pas. C'est plus que cela. Ça n'a pas d'histoire. C'est sans passé. C'est d'une grande virginité. Il n'y a aucun malheur à aimer une fille. Ça donne beaucoup de force. Ça rend intelligent, à force de mentir. Ce n'est plus une fille alors. C'est un sujet qui surgit.

33

Le soleil revient sur la plage. C'est la vie sur la voix de ma mère. C'est la vie contre les nuits du barrage de la Rance. C'est la vie dans l'absence de Marge et le souvenir de Diane. Ma grand-mère marche dans l'eau. C'est bien pour le sang. Tenir le petit chien en laisse, déplier les serviettes, allumer le transistor, s'allonger, mon ventre, mes hanches, regarder Julien démâter sa planche, ses épaules, sa peau brune. La mer est basse. Liz court sur le sable. Je la surveille. L'enfant-magnifique. L'enfant qui ne sait pas. Moi aussi je courais, avant, vers les rochers. Moi aussi je rêvais de gravir les falaises. Moi non plus je ne voulais plus être une enfant. Ma grand-mère vers la digue. Son silence contre les cris des baigneurs, son corps, au loin, ses mains dans le dos, son corps qui a porté Carol, ses mains qui ont soigné la fièvre, sa voix dans la nuit contre les fantômes. Une mère ne devrait pas savoir la mort de son enfant. Ni l'inverse d'ailleurs. La mort reste dans la stupéfaction. La mort est déjà dans l'absence de langage. C'est le néant car il n'y a rien à dire, ni à faire. La vie s'éteint : Carol au lit, dans la chaleur de l'été, le parfum des roses du jardin, la voix de Jean « Je t'aime » et Liz, dans les vagues, que je rejoins. L'enfant dans l'eau est mon corps d'enfant avant. Mon père me manque. C'est un bon nageur. Il plongeait des rochers. J'avais peur qu'il ne remonte pas. Je suivais son ombre sous l'eau. Ma mère dit que j'ai toujours su nager.

Les falaises se transforment avec le soleil. Je n'attends plus Marge. La Méhari de Carol saute sur les vallons. J'entends nos rires d'autrefois.

34

La voiture de Diane arrive au lycée. Sa mère conduit. Sa mère lui ressemble. Diane ne l'embrasse pas. Elle est en retard. Diane est souvent en retard. Le lycée ne compte pas. Elle parle plusieurs langues. Elle danse dans les couloirs. Elle chante, *Staying Alive*.

Diane porte un pull noir, un pantalon de flanelle serré, des bottes fines, Opium. Diane a la voix grave. Je jure de monter dans sa voiture un jour, petite Chevrolet noire immatriculée à Uster. Je déteste les élèves. Je déteste le professeur. Rien ne doit se dresser entre nous. Diane ne me regarde pas. Elle écrit un mot, « Samedi chez moi. » Je ne réponds pas. Je pense au lac sous la glace. Je pense à un autre monde, secret et profond. Je pense à une autre ville. Je regarde la forêt derrière la fenêtre. Je pense à la course et au désir. Quelque chose arrive et ni Céline ni les autres ne savent. On ne me connaît plus. On ne me sait plus. Quelque chose arrive à l'intérieur de mon corps. C'est dans le sang. Ce n'est plus la tête. C'est la peau qui se retourne. Je ne suis plus une enfant. Je ne suis plus la fille qui écrit. Je ne suis plus l'amie de Marge. Je ne suis plus la fille de ma mère. Je regarde mes mains sur le papier, *Samedi, chez moi*. Je regarde mes vêtements, mes chaussures. Je ne suis plus le corps qui cherche. Il recommence à neiger. Je ne suis pas romantique. Je ne lirai jamais *Le Docteur Jivago*. Je ne veux pas être un garçon. Ce sera plus facile ainsi, avec mon visage, avec ma voix. Ce sera la vérité.

35

Il ne fera jamais aussi chaud qu'en 76. On fermait les volets des villas. On attendait la nuit pour se baigner. Le soleil était comme une maladie. On avait peur, la chaleur ne s'arrêterait jamais. On avait des poux. J'avais peur des bêtes dans ma tête. J'avais peur de manquer de sang. J'avais peur que les bêtes me prennent tout, la lymphe, la moelle, l'intelligence, par le cerveau. Cet été, j'ai peur du sang des autres. J'ai peur pour Marge, encore. J'ai peur pour Carol. La maison de Luc commence à être connue. On en parle, au Rusty, à la plage, au téléphone. C'est une danse, les filles, le chemin, les sourires entendus, les rendez-vous. Ont-ils des numéros ? Est-ce une grande tombola ? Ma sœur retrouve à Rennes des photos de 76, les soirées dans le jardin, la grande table, les glaces, le vin, les oncles qui fument, Carol en robe, la canicule en France, la fin du monde, les voix de mes grands-parents, en blanc, la peau nue. C'est la première fois que j'ai pensé à la mort, à Saint-Malo. À cause de la chaleur peut-être. À cause de nos corps qui ne savaient pas où se mettre, disait ma mère. Cet été-là j'ai surpris mes grands-parents dans la chambre. Je n'ai pas tout de suite compris. J'ai refermé la porte. Je n'ai pas eu honte de leurs corps. J'ai eu honte de mon regard. Il fallait tout voir, les jambes, les mains. Il fallait que ça reste à l'esprit. Là encore je ne savais pas où me mettre. Où va-t-on mettre Carol ? quelle place, quel cercueil ? Elle restera dans la chambre ? Elle descendra au bloc ? Elle changera de service ? Elle rentrera chez elle ? L'état est stationnaire, dit ma sœur. Elle souffre beaucoup. Le ventre a tout pris, sous les draps. Elle est consciente. C'est ma sœur qui perd la tête. Dans le bus, ce sont les images qui l'étouffent, la sonde, le liquide, le va-et-vient, le petit savon à la rose sur le rebord du lavabo, la bouteille de parfum, l'élastique à cheveux, le plateau, les aiguilles, le fil de la lampe de chevet, l'ampoule, l'interrupteur, la blouse bleue, le masque, les gants, le lit à roulettes, les chaussons des infirmières, l'odeur du parfum dans la bouche.

La mort pénètre les vivants.

36

Je prends le train pour Uster. Le soleil sur les champs de neige, sur mon visage, mes mains, les fermes en bois, les gares avant Uster, la forêt glacée, mon corps sur la banquette, mon billet à la main, mes affaires de nuit, les cloches de l'église, le beau samedi de décembre, les montagnes qui se détachent du ciel, les sapins blancs ; je reprendrai ce train souvent. Je quitte Zürich, la Bahnhof. Je quitte l'appartement, le lac. Uster est un grand voyage. Ce n'est pas mon corps qui s'éloigne. C'est mon histoire. Je me détache des autres. J'ai un but, Diane. Je ne fuis pas. Je vais retrouver. Je n'ai pas peur, sur les rails, dans le train, avec les voyageurs. Ma mère ne sait pas. Céline me couvre. Elle pense à Gil qui habite près d'Uster, une histoire de garçon, rien de mal. Elle veut bien mentir. Gil est si beau, si réservé. Il viendra à la gare. Il protégera. Personne ne doit savoir. Je dois garder Diane. Ne rien rapporter. Diane est un rêve. Diane veut me voir. Je prends le train, seule, aucun bruit dans ma tête. Je pense à mon corps dans les vagues. Je pense aux falaises hautes. Je pense au sable sous mes mains. Je pense à la mer qui recouvre. Je pense à ce bonheur-là.

Diane est dans l'été.

.

37

Ma grand-mère quitte Saint-Malo. Nous la conduisons à la gare ; le train de Rennes, le petit chien dans mes jambes, Julien, ses clés de voiture à la main. Il faut aider ma grand-mère à monter les marches métalliques du Corail, à trouver son siège côté couloir. Le train va partir, sa main qui fait signe, son visage, un sandwich, une petite Évian que je donne par la fenêtre, ça va aller, Carol va guérir. On ne meurt pas en été. Le quai désert, l'odeur du métal chaud, la mer sous les remparts, la route du Sillon, Rochebonne, Paramé, le Minihic. Ma grand-mère n'est plus là. Carol va mourir. Nikie a sorti la table dans le jardin. Liz est triste sans le petit chien. Audrey a fait des pâtes et nous ouvrons une bouteille de rosé, c'est l'été. Ma sœur a retrouvé dans l'armoire des cahiers, des livres, des jouets, toute l'enfance de Carol. Nikie a peur de la mort. Elle fait des rêves étranges, Carol est en imperméable avec une valise à l'arrêt du bus et le bus ne vient jamais la prendre. La mort ne vient pas encore. On l'attend. Elle envahit. Elle est dans les villas, après les verres de rosé, quand Audrey raconte la maison blanche, ce qu'on lui a dit, les échanges, les parties à plusieurs, les corps qui circulent, qui se prêtent, la mort quand Julien dit que les filles adorent sucer sur les falaises de La Chaumière, que la vue est magnifique sur la mer noire et le phare, que la fille aussi est magnifique avec la bouche qui prend, la mort quand Antoine dit, « Tu es en nage, tu as de la fièvre, tu es malade, Marie » et qu'il caresse sous le pull, la mort quand ce garçon, sur la terrasse de L'Escalier ouvre lentement son pantalon, qu'il se défait de son sexe dur, qu'il prend ma main, la mort quand il me demande de poser la tête sur son thorax accidenté, pour remplir le vide, comme s'il portait un enfant, la mort encore quand il déclare, « Je ne sens plus ma langue. »

38

La chambre de Diane, ses photographies de vacances, la Thaïlande, cette famille très belle, les six garçons et les deux filles, tous amoureux d'elle, et le père qui l'aimait bien aussi, les fleurs géantes, le lagon, la plage blanche, ce garçon dans ses bras, et le frère, après, ces beaux visages, puis la photo du jeune homme blond qui vit à Genève, Sorg, qui offre un diamant, qui veut l'épouser, et cet homme en Angleterre, et Gil si beau, j'ai tort de résister, et les frères Yari, si charmants, et Jane la jalouse qui protège son amant. Le monde de Diane, son monde amoureux, ces gens qu'elle rend fous. Diane ne sait pas résister, avec moi ce sera différent, avec ces yeux et ce visage, c'est craquant, cette peau et cette jolie bouche. Je n'ai pas peur. Je serai plus forte. Elle s'attachera. Les disques de Diane, ses dessins, ses livres, ses vêtements, son lit, sa maison pour nous deux, mon sac dans sa chambre, mes affaires dans la salle de bains. « Tu es chez toi. »

Ce sera difficile d'oublier Diane. Je ferai semblant.

Le téléphone sonne, Sorg encore. Il veut vivre à Zürich. Il trouvera un appartement. Il finira sa licence. Il donnera des cours. Il ne peut plus vivre sans elle. Il a assez d'argent pour deux. Diane et Sorg se battent parfois, des gifles, des coups de pied. Il est jaloux. Il ne partage pas. Il la fait suivre. Elle le trompe, un peu, à peine, en rêve. C'est plus fort qu'elle. C'est irrésistible. C'est la vie. Elle ne cherche pas. Ça vient tout seul. Comme à Londres, comme en Malaisie, comme en Corse, calanques de Piana, avec cet homme à l'hôtel des Roches-Rouges. Elle ne fait rien, pas grand-chose, jamais jusqu'au bout. « Je ne suis pas une pute, tout de même. »

Ce sont les autres qui demandent, toujours plus.

39

Luc donne une fête. Nous sommes invités, Julien, Audrey et moi. Je refuse au début.

Marge sera là, dans la maison qu'elle connaît bien, le lierre, les capucines, le portail, le salon, l'escalier, les chambres. Nous arrivons tôt. La maison est près des villas, à l'entrée du chemin. Je pourrai rentrer vite, à pied, si je vois Marge monter. Luc porte un tee-shirt blanc. Il sourit. Il semble heureux. Marge n'est pas encore là. Je ne veux pas danser. Luc me force. Il est trop grand. Tout mon corps se plaque contre lui et se fond. Luc danse lentement. Il a sa main sur ma taille ; sa maigreur, ses hanches de femme. Je ne veux plus danser. Julien surveille. Audrey cherche un disque. La mer, en bas, est haute. C'est bientôt les marées d'équinoxe. Ma sœur garde les photographies de Carol en maillot de bain, sur le voilier, au Pont, le corps en vacances. Nikie endort Liz et fera son rêve qui me fait penser au film avec Marilyn, *Bus Stop*. Cure, Indochine, c'est l'été de la musique noire. Je sors dans le parc. Il ne fait pas froid. Ma peau a pris le soleil. J'ai chaud. J'entends des rires, des voix. Les gens arrivent, par dizaines, à vélo, en voiture. Je veux partir. Julien offre un verre. Nous buvons, ensemble. C'est impossible de danser. C'est impossible de s'amuser. Je pense à ma grand-mère qui est arrivée à Rennes, dans sa maison. Elle arrosera le jardin. Elle apportera des fleurs à Carol. Et le petit chien ? La clinique n'accepte pas les animaux. Ma mère dormira près de ses parents. La famille se resserre. Au centre, le corps de Carol à veiller. Au centre de la maison de Luc, Marge, en robe, très belle, qui danse, les cheveux lâchés, *Flesh for Fantasy*. Luc l'embrasse. La fille à la peau blanche aussi. Je demande à Marge de m'embrasser, « Tu es bien la dernière personne que j'embrasserais. » Une autre fille arrive, une fille qui fait peur, qui traîne au Slow Club près du port, qui encercle Marge en dansant, qui lui apprendra peut-être les gestes, mais pas l'amour. Je déteste Marge. Elle ne sait pas pour Diane. Elle ne veut pas savoir pour Carol. Elle fuit. Je sens la mort, Marge ? Tu as peur ? Toi, tu sens le sexe. Je ne te crains pas. Tu pourrais m'embrasser, ça ne me ferait rien. Je n'aurais pas honte devant les autres. Ce n'est rien d'embrasser une fille. Tu n'as ni la folie de Diane ni la force de Carol.

40

Je suis allongée près de Diane. Elle ne m'embrasse pas. Elle ne me prend pas les mains.

Elle me regarde. Je peux sentir l'odeur de sa peau. Diane a un planisphère qui s'allume et tourne, bleu sous la coque avec des veines rouges en relief. Je suis à l'extérieur de la Terre. Diane chante, *Honesty, such a lovely word*. J'entends la neige tomber. J'entends le ciel noircir. J'entends les sangs battre. J'entends le feu de la cheminée. J'entends le magnétoscope qui rembobine notre cassette, *Les Oiseaux*, d'Hitchkock. Diane me regarde, Opium sur ma peau. Je cours dans la forêt. J'entends mon cœur, son cœur. Je peux l'embrasser. Je peux la voir nue. Je peux me coucher sur elle. Je reste. Diane me regarde comme on ne m'a jamais regardée. Intérieur-extérieur, c'est la chair qui compte. Ce qu'elle sait. Ce que je ne vois pas. Ce que je ressens. Je reste.

Est-ce que les autres ont cette chance-là ? Diane en peignoir de soie volé dans un hôtel de New York. Diane pose ses mains sur moi. Diane, ses boucles d'oreilles en nacre. Diane, son prénom quand elle dort, une répétition. Le planisphère, le disque, mon corps, le lit de Diane, la maison d'Uster, l'escalier, le garage, le jardin autour et les arbres qui protègent ; ce n'est plus la nuit. Je pense à Sorg, à ses cheveux blonds, à son corps, à ses mains sur les hanches de Diane. Je pense à ses cris au téléphone. Diane se vole et ne se rend pas.

Que se passe-t-il avec Diane ? On pourrait me poser cette question. Je devrais y répondre, avouer. Céline me trouve changée. Astrid me trouve étrange. Karin ne me reconnaît pas. Ma mère s'inquiète. Je ne mange plus. J'attends que le téléphone sonne, jusqu'à minuit. Diane appelle tard. Je reste dans le froid, sur la terrasse. Que se passe-t-il avec Diane ? Qui repose sous l'eau du lac, quel cadavre, quel corps assassiné ? Et derrière les montagnes, quelle ville, l'Italie ou la France ? Et dans la tête de Diane, quel visage ? Sorg ou mes yeux ?

Diane change au lycée. Je ne lui trouve pas les mêmes gestes que dans sa chambre. Diane joue à l'amie, sauf son pied sous la table à la cantine, sauf ses regards en cours de physique, sauf sa main dans mes cheveux avant de quitter Gockhausen, sauf ses mots, qu'elle fait passer, « Je t'aime, *te quiero*, je t'aime, reviens à la maison avant Noël. »

41

Je ne revois pas Marge après la fête. Il pleut, encore. Je marche au bord de la mer, jusqu'à Rochebonne. Je veux oublier Diane. Je veux oublier Marge. Je veux oublier la maladie de Carol. Elle va mieux. Elle retrouve l'appétit. Elle veut partir en vacances sur le voilier. Elle se maquille. Elle brosse ses longs cheveux. Elle veut ses robes à bretelles et le chemisier bleu. Elle marche dans le jardin de la clinique. Elle veut voir les travaux dans la maison. Elle veut embrasser ses filles. Elle veut rentrer à Saint-Malo, plonger de la digue, courir aux falaises. Un dimanche ? Une permission ? Quelques heures, docteur ? Nous y croyons tous alors. Carol va guérir. Carol va sortir de sa prison. Les médicaments font de l'effet. Les chairs se remettent. Le sang est bon. La peau respire. Je viendrai peut-être, la mer me manque, dit ma sœur. La mer n'est rien. Marge ne m'a pas embrassée. Au fond je ne voulais pas. C'est dégoûtant sans amour. C'est ennuyeux aussi. Ça fait chien. *Tu es bien la dernière personne.* Je ne comprends pas cette phrase. Je l'appelle d'une cabine téléphonique, sur la route de Rothéneuf. Je veux savoir. C'est elle qui répond, comme avant. Je demande à Marge le prénom de cette fille pâle. Je demande à Marge si elle l'aime. Je demande à Marge si elle couche avec Luc. Je demande à Marge si elle fait atten-

tion. Je demande à Marge si elle va rester avec cette fille. Marge s'amuse. Marge ment. Marge me blesse.
— Ça te choque ?
Marge ne sait plus rien de moi. Diane a tout pris.

42

Il reste deux samedis avant les vacances de Noël. Diane vient à Zürich. On rentrera ensemble à Uster, par le train. Diane m'offre un polo rouge Fred Perry, une chaînette en argent, l'album d'Al Stewart, *Year of the Cat*. J'offre une Lacoste kaki, XS, modèle unique. C'est la fête, les guirlandes, les santons, les fils électriques dans les sapins. Il faut entrer, partout, Dior, Rolex, Hermès. Diane regarde avec envie. Je suis heureuse, près de son corps qui accompagne dans la vieille ville, au bord du lac, à la gare. Je me sens en sécurité. Le train part avant la nuit. La maison d'Uster est sous la neige, un thé chaud, des toasts, le bain moussant, le shampooing aux œufs, le parfum, encore un cadeau, Fidji de Guy Laroche, le salon, par terre sur la moquette, contre le canapé, le plateau, les coupes de champagne, le film que je ne vois pas, *La Party*, Peter Sellers ; seule la main de Diane compte, sur ma main, sur ma cuisse, son bras autour de mes épaules, mon visage sur son ventre, rien d'autre, du désir qui monte sans éclater, assez pour croire que Diane veut plus, assez pour penser que nous ne sommes qu'amies ; sa meilleure amie, belle et forte ; pas ces histoires mièvres d'internat de filles. Comment dit-on déjà ? Attouchements ? Moi je ne suis pas comme cela. Moi je ne suis pas une lycéenne sans expérience. Moi je ne suis pas fleur bleue, *Claudine à l'école,* la prof et l'élève, etc. Moi je ne suis pas dans la définition non plus. Que disent-ils déjà ? Hommasse, se prendre pour un mec ? Manquer d'un truc ? Se rêver avec un pénis ? Camionneuse ? Comment disent-ils encore ? Une maladie ? Une perversion ? Une tare ? Diane et moi, c'est *Woman in Love* de Barbra Streisand. Paris, New York, Zürich. La musique et les garçons. La vitesse et l'alcool. Puis la chambre, l'album de Neil Diamond, la chanson de *Flashdance*, Diane et sa chorégraphie, Diane et son côté actrice, Diane, avec ses cheveux bouclés, ses ongles longs, ses dents blanches, son accent, ses rêves hollywoodiens.

La neige protège nos corps qui ne dorment plus. Les mains de Diane sur mon visage.

Suivre la ligne des lèvres, du nez, de la gorge, nier la peau nue, s'arrêter à temps.

Souvent, il est déjà trop tard.

43

Audrey m'accompagne sur la digue. On ne se quitte plus. La peau de Carol devient la nôtre. Aucune confidence hors du clan. La mort isole. Carol est cette vérité. Julien le sait. Audrey le sait. Liz le sent. C'est notre secret contre les corps qui dansent dans l'été. Je marche avec Audrey, je marche avec Carol. Nous montons vers les falaises, rue de l'Abbaye. La maison de Louis est silencieuse. Le portail est ouvert. Le jardin est à l'abandon. Il y a du courrier sur les marches, une lettre, des prospectus. Le carreau de la cuisine est brisé. Louis ne vient pas cet été. La maison était gaie l'an dernier. Louis aimait la jeunesse. Il le répétait souvent pour s'en excuser. Vous êtes ma force. Vous êtes mes belles années. Vous êtes le soleil et le vent. Vous êtes ma joie de vivre. On venait à plusieurs, des filles, des garçons. Louis ouvrait une bouteille, des petits verres sur la table du jardin, des olives, une baguette, du saucisson. On l'appelait « le Vieux ». Il racontait des histoires de fantômes, la Dame Blanche, la forêt de Brocéliande. Louis n'était pas si vieux. Il faisait plus que son âge, à cause de nous, ses petits ados, ses merveilles. Je me souviens de son regard, de ses mots, « J'ai envie de t'embrasser, tu es jolie comme un cœur. » Je ne répondais pas. Audrey avait peur de lui. Il est bizarre, disait-elle. Louis vendait des encyclopédies à domicile. Il traversait la France, un métier difficile, des heures de route, des hôtels froids, des putes, l'alcool. Il avait une DS noire, sans les sièges arrière, toujours des cartons, des caisses en bois, un drap sale un jour. Marge l'avait rencontré sur la plage. Il faisait du bateau, de la planche. Il l'aidait à monter sa voile. C'est tout. Il est venu à un feu de camp. Julien l'aimait bien. Louis était intelligent. Audrey s'en méfiait, « Il a la voiture d'un satyre, il cache peut-être une pelle, une pioche, des mouchoirs d'éther. » Un soir, au Rusty, ses mains sur les seins d'Audrey, très vite, comme un vol, « C'est mignon tout plein, ça ! » Louis, défiguré par le désir. Louis, le danger. Louis, le menteur. On l'a fui. Il nous voulait, comme un fou. On l'a puni. Audrey disait qu'il nous faisait boire pour abuser. Il a disparu de la plage, de la digue, de la maison de l'Abbaye.

Je me souviens d'une nuit dans son jardin. Il portait une chemise blanche et un pantalon à pinces. Il était chic, avec les cheveux mouillés de Fabergé. Je n'avais pas peur, « Ta petite nuque Marie, tes cheveux qui frisotent, tu sens encore le lait. »

Louis ressemblait à un père, sans enfants.

44

Diane est à Davos, elle skie avec Sorg. J'ai entendu au téléphone, Genève, le train, l'hôtel près des pistes. Je ne suis pas jalouse. J'ai plus que Sorg. Il a peur de perdre. Je découvre Diane. Je prends tout de Diane. Sorg ne vit pas à Zürich. Il n'a que les lettres, que la voix, que le silence. Mon père est venu quelques jours à Noël. Je lui ai montré mes skis, dans la cour. Il a dit que ça m'allait bien. On a rempli l'abri antiatomique. On a installé les lits suspendus. On ne sait jamais. Il m'a offert un masque africain et la statuette d'un guerrier. Il protégera.

Diane n'appelle pas. C'est le 31 décembre. Demain peut-être. Ma sœur est à Paris avec Éric. Mon père est en avion. L'appartement est triste. Céline est en famille, à Lausanne. Tous les élèves de Gockhausen sont à la montagne. Je regarde la télévision, du patinage artistique, des clips, *Ghostbusters*. Ma mère a acheté du saumon et du champagne. Nous avons mangé sur la table basse du salon, comme avant, rue Saint-Charles, toutes les deux, la mère et la fille, le petit couple, disait ma sœur. Ma mère n'aime pas le jour de l'an, c'est triste de perdre une année, de vieillir. Ma mère n'aime pas le foie gras, ni les huîtres. Ma mère ne boit pas trop d'alcool, « J'ai le cœur qui file. » Nous devions aller à Rennes pour les fêtes. Carol, ma tante, est malade. Elle a un cancer je crois. J'ai hurlé quand ma mère me l'a annoncé. J'étais en colère. Je ne sais pas pourquoi. J'ai eu honte de moi après. J'étais en colère contre Carol. Ma mère dit que c'est la peur, ces colères. La peur me rend folle, depuis toujours ; l'enfant-violent, l'enfant-effrayé. Le saumon, c'est la fête avec ma mère. Un jour, à Paris, on a trouvé six billets de cent francs au centre Beaugrenelle. On les a ramassés. Ma mère voulait les déposer au commissariat de police, « C'est sûrement à une personne âgée, ça doit être sa retraite, son mois pour vivre. » Je l'en ai empêchée. J'ai encore crié, « On trouve, on garde, tant pis. » On est allées au Monoprix du front de Seine, près des cinémas. On a acheté du saumon et du Perrier. On a tout dépensé. C'était comme de l'argent volé.

Ma mère va se coucher, « Tu ne m'en veux pas chérie, on fêtera demain, je suis fatiguée, bonne année, en avance, et tu me présenteras le garçon qui fait tourner la tête, ce Gil ? »

Diane devient irréelle.

J'attends minuit. La télévision diffusera en exclusivité le dernier clip de Michael Jackson, *Thriller*. J'attends près du téléphone. Je veille Diane. Je prends son visage dans mes mains. Je lui souhaite beaucoup de bonheur. Nous buvons du champagne. Nous nous embrassons. Elle est magnifique. Elle est à moi. J'écoute notre chanson, *Year of the Cat*. Je traverse sa maison. Fidji sur ma peau, le polo rouge sous mon pull, la chaînette autour du cou. Les cloches de Fluntern sonnent minuit, bonne année Marie, amuse-toi, ce sont les années 80, c'est la folie à Paris, ce sera la folie à Uster, n'aie pas honte, c'est la chance de ta vie, tu es amoureuse. Je regarde le clip à la télévision, les yeux jaunes et le blouson rouge de Michael, la pleine lune, le ballet des macchabées, *Thriller, thriller night*, c'est moi qui danse, c'est moi en lambeaux, c'est moi la peau blessée, c'est moi les cernes noirs, c'est moi la fille aux deux visages, c'est moi la cannibale. Je dévore Diane.

45

Audrey ne dit rien sur Marge. Elle ne l'aimait pas. Elle est heureuse que je ne la voie plus. C'était la course avant, au club, dans les bunkers puis sur la route de la Rance. Je devais choisir entre Audrey et Marge, pour jouer, me baigner, me cacher, sortir. Marge n'aimait pas Audrey non plus. Elle se moquait d'elle, de ses amis, ses garçons amoureux, de sa façon de marcher, de danser, de me regarder. Audrey ne te ressemble pas, disait Marge. J'ai dû quitter les villas un été, à cause de Marge qui faisait pleurer Audrey. J'ai passé quelques jours au Sillon, chez une amie de mes parents. Nikie était en colère contre moi. J'aimais bien Audrey. Marge me rendait folle. Je devais choisir. Je devais mentir. Je ne choisis rien cet été. Marge a disparu et je retrouve Audrey. Audrey veut me protéger. Audrey me trouve secrète. Audrey ne comprend pas. Pourquoi quitter Zürich ? Et ce garçon, Gil ? Nous marchons dans la nuit. Nous faisons du stop vers Saint-Malo quand Julien ne veut pas sortir. Toujours une main sur la portière, au cas où. Ne jamais monter dans un camion. Ne jamais monter s'ils sont plusieurs. Ne jamais monter s'il porte un pantalon de jogging et des lunettes fumées. Il fait froid, le soir, à Saint-Malo. La terrasse du Chateaubriand est déserte. Nous entrons. Audrey commande toujours deux verres de vin blanc.

Marge disait qu'il fallait laisser l'alcool sous la langue, pour qu'il agisse plus vite, dans les veines, dans le sang. Marge aimait perdre le contrôle. Le café, les heures longues et silencieuses, mon corps dans le fauteuil, Audrey qui a les yeux bleus de Carol, fuir la villa, fuir Marge, fuir les appels de ma mère, Carol retombe, c'est pire qu'avant, elle ne peut plus marcher, elle a froid, Carol a peur, elle ne reverra jamais ses filles, le docteur est un salaud, les infirmières sont des garces, ils sont gênés, ils rasent les murs, Carol n'a plus la même peau, le cancer prend tout, c'est comme un organisme vivant, c'est comme la bête dans le corps des pauvres, c'est une pieuvre sur son rocher. Il ne laissera pas Carol. Il s'en nourrira. Carol chuchote, « Jean, tu devras refaire ta vie. »

46

Diane n'a pas appelé pour le jour de l'an. Elle avait promis. C'est la faute de Sorg. Elle a eu peur peut-être. La cabine téléphonique ne marchait pas. Sorg surveillait la chambre. Je la retrouve au lycée. Elle est très belle, bronzée. Elle porte un blouson de ski beige, Ellesse, sans manches, une veste en jean, ma Lacoste kaki, ouverte. Diane est sublime et elle le sait. Diane au cou d'Astrid. Diane dans les bras d'Olivier. Diane près du professeur. Diane au tableau. La voix de Diane, son blouson qu'elle retire, sa veste, ses bras nus, mon cadeau, 150 francs suisses, sa peau brune, le ski, le soleil sur la terrasse, les petits déjeuners face à la montagne, l'hôtel de luxe, la grande salle de bains, le lit à une place. Diane en Lacoste qui attend avant de me regarder, avant de sourire. Diane joue. Mon corps s'éloigne. Mes rires avec Céline. Diane appelle. Je ne réponds pas. Je ne regarde pas. J'ai les dés. Elle sait. Elle est sublime et elle sait. *Elle est sexe*, cette fille. Je pense à ses seins. Je pense à ses cuisses. Je pense à son ventre. Je ne pense jamais au sexe de Diane. C'est la peur qui revient. C'est la peur de la nuit. Sorg couché sur Diane. Diane n'aime pas ça avec les garçons. Diane s'ennuie avec les garçons. Diane devine les mots et la fin de l'histoire. Diane méprise les garçons. Les garçons ou les gens qui l'aiment ? Les garçons ou les cœurs faibles ? Les garçons ou les esclaves ? Pourquoi Diane a-t-elle été renvoyée du lycée de Vienne ? Quelle histoire encore ? Comment Diane peut-elle dire qu'elle n'aime pas avec les garçons. Quel corps pour comparer ? Seule, une autre, mon corps un jour ?

Non, je ne t'ai pas appelée. Sorg a lu mon agenda. J'ai tout noté, la maison, le champagne, les trois nuits, ton visage après la fête que je n'arrivais pas à oublier. Je n'ai pas écrit ton prénom. Sorg pense que j'ai rencontré un garçon. C'est très drôle, Marie. Sorg ne pense jamais au reste. C'est quoi le reste, Diane ? Tes mains à ma taille ou cette marque rouge sur ta peau ? Les lèvres de Sorg ou tes yeux tristes quand je ris avec Céline ? Le reste ? Ton corps qui s'allonge près du mien. Le temps que tu prends. Mon téléphone qui ne sonne pas. Ma nuit sur la terrasse, dans le froid. Le disque que tu donnes avant de partir, « chaque jour une chanson, pour être sous ma peau. » Le reste ? Quand je quitte le lycée. Quand tu plonges dans mes bras.

Ma mère vient me chercher. Elle avait rendez-vous avec le proviseur. Ma mère voit Diane. Ma mère nous entend rire. Ma mère surprend ; Diane contre moi, sa main dans ses cheveux.

— Qui est cette fille ? Elle est dans ta classe ? Elle fait plus que son âge.

Diane H. révélée.

47

Jean ne dort plus dans la chambre ; le lit, seul, c'est impossible. Il ne touche pas aux affaires de Carol. Tout reste en l'état, dit ma sœur, la coiffeuse, les créoles, un foulard, une carte des îles Britanniques, un mouchoir par terre. Jean ne veut pas ranger. C'est encore Carol, dans la maison. Ce sont ses derniers gestes, après Saint-Malo, après l'anniversaire, se changer pour la clinique, prendre l'essentiel. Elle reviendra plier la carte, ouvrir les volets de la chambre, faire les lessives, avant les vacances, sur le voilier. Jean a sorti des photographies de Carol, un jour de l'an, il y a quelques années, Carol en robe mousseline avec un boa mauve autour du cou, Jean qui portait la moustache et un costume clair, fin des années 70, Carol à table, avec une cigarette. Jean ouvre les albums la nuit, dit ma sœur, en bas, dans le salon, pour voir s'il y avait quelque chose dans le regard, dans le corps qui annonçait cet été noir, si ce cancer-là ne veillait pas le corps de Carol, en silence, comme un gardien, s'il attendait, tranquillement, avant de se déclarer ; mais non, Carol est en vie, sur toutes les photos, rien derrière les grands yeux bleus, rien dans les mains, rien sous les cheveux, rien de la maladie. Elle était fragile du ventre, comme tout le monde ; ma sœur a lu, à la clinique, dans un journal médical, que certains cancers arrivent à la naissance, et qu'ils voyagent avec le corps, avec le sujet, pendant des années, en silence, comme deux partenaires, avant de rompre. Puis c'est la guerre. Carol a renoncé. Elle est sans force, dit ma sœur.

48

Diane a changé depuis Davos. Diane est encore plus belle. Diane est encore plus joyeuse. Diane devient dangereuse parce que j'ai peur de la perdre. Je suis distante. Diane aussi s'éloigne. À cause de moi, dira-t-elle. Je dois oublier la maison d'Uster, les nuits. Je dois effacer. Je regarde Gil sur le terrain de sport. Il garde les buts, au foot, au hand. Il a des gants en cuir et un survêtement blanc. Ses cheveux bruns, sa raie sur le côté, ses jambes, ses mains qui arrêtent les ballons, Gil est élégant. Il a un an de moins que moi. Il n'a jamais embrassé. Il ne sait pas la chaleur du ventre, les jambes, la poitrine. Il aimerait savoir. Ce serait facile avec lui. Ce serait facile de lui montrer. Ce serait facile de lui apprendre. Gil remplacera Diane. Gil contre Diane. Diane au travers du corps de Gil. Gil comme une doublure. Gil le sauveur. Gil reste l'ombre de Diane. Je fuis. Elle sait. Elle ne téléphone pas à la maison. J'attends. Je n'appelle pas non plus. Je retrouve Céline, à moto, nous descendons vite, vers le lac. Nous roulons, sur les berges. Je retrouve Zürich, sans Diane. Je ne suis pas triste. J'attends. Ça reviendra, le visage, le parfum, la voix. Je n'ai pas peur de Diane. J'ai peur de moi. J'ai peur de la neige qui couvre la ville. J'ai peur du lac. J'ai peur de tomber. J'écris à Marge. J'écris les lettres que je devrais écrire à Diane, « Tu me manques, il fait froid, je suis bizarre. » Diane, le prénom que je répète. Diane, le corps qui danse.

Je marche dans la forêt du Dolder. Je pense à Linda Evans de *Dynastie*. Ma sœur préfère Jeff. Pourquoi ? Je pense que c'est compliqué d'aimer une fille. Il faut du courage, de la force, de la patience. Je pense que beaucoup d'entre nous ici, au lycée, ont refusé à cause de cela. Je pense que beaucoup de filles dans le monde ont voulu mourir à cause de cela. C'est irrésistible d'aimer une fille. C'est le corps qui s'évanouit. Ça entre dans la tête et ça bat, comme les cymbales du carnaval de Zürich. C'est quitter la foule et le cortège. C'est très dur de ne pas trouver sa place, en classe, en famille. C'est très dur d'aimer un mauvais feuilleton comme *Dynastie*. Ce serait encore plus dur d'embrasser, en rêve, Blake Carrington au lieu de sa femme, Krystle. Ce serait une grande faute de goût.

49

Je vais avec Julien sur le port. Jean demande de surveiller le voilier, la cuve, l'ancre, les affaires des petites. Je reste sur le pont. Je ne veux pas voir les cabines en bois, les matelas bleus des enfants, la chambre de Carol, en coin, avec une poignée pour se tenir. Avant, on quittait le port pour le feu d'artifice, une petite sortie à moteur, sans voile. Carol riait. J'avais le mal de mer, comme sur l'hydroglisseur de Jersey, comme sur le ferry de Guernesey. Je n'aimais pas le bateau. Je préférais la terre, l'intérieur. Je n'aimais pas la vue sur Saint-Malo, les pierres grises et sombres, le granit, comme dans les cimetières. Julien fouille la cabine, il reste quelques affaires, une paire de bottes, un pull blanc. Faut-il les prendre ? Les rapporter aux villas ? Non, Carol reviendra. Ils partiront pour l'Angleterre. Julien en est sûr. Je ne veux pas descendre. Les mouettes ont des rires d'enfant. Le vent siffle dans les câbles du mât. Carol savait naviguer, tenir la barre, hisser les voiles. Carol savait lire les cartes. Carol ne reviendra pas. J'entends Julien en bas, ce sont toujours les mêmes bruits, les chaussures sur le bois, la porte de la chambre qui claque, l'eau contre la coque puis le vent dans les câbles métalliques comme une voix qui chante. Je me souviens du feu d'artifice de Solidor, les fusées dans le ciel puis dans la mer, le voilier lent, les photos au flash qui prenaient nos visages, Audrey, Julien et moi, assis sur le rebord du pont, trois enfants dans l'été 76. Carol brûlait de la citronnelle contre les moustiques. Nous portions nos gilets de sauvetage, rouges avec le petit sifflet noir dans la poche. J'avais le regard surpris d'un naufragé.

50

Je vais à la patinoire du Dolder. Il fait jour. Ils viennent d'ouvrir. J'ai mes patins, des patins de course, noirs. Je suis seule, je vais vite, je frôle les balustrades, la musique, *shout, shout, I'm talking to you* ; trois jours que je n'ai rien dit à Diane, trois jours de sabotage. C'est facile de ruiner le début d'une histoire. Il suffit d'un rien. Tout bascule si vite ; la joie, la haine, le rire, l'ennui, la grâce, la stupeur. Je sais faire ça, brûler, déchirer. La forêt du Dolder longe la patinoire. Elle est plus grande que celle de Gockhausen, moins sombre. La neige ici prend tout. À Pâques les corps des skieurs perdus descendent vers les villages dans des cercueils de glace, intacts, figés par le froid. La neige encore, dans les champs que traverse le train d'Uster. La neige dans le jardin de Diane. La neige contre les baies de l'appartement. La neige sur le lac, comme des ombres qui se déplacent. La musique encore, *she's a maniac*, mes tours de piste, les mains dans le dos, les jambes tendues ; se dépenser, apaiser les peurs, taire la folie, *she's a maniac*. Il est tôt. La glace est vierge. Les gradins sont déserts. Je monte les escaliers de la buvette. Je prends un chocolat au soleil. Je crois que je suis heureuse. Je veux appeler Diane. Je veux la voir vraiment, en dehors du lycée. Personne ne sait encore. Diane est prudente. Elle teste. Elle attend. Elle a peut-être peur. J'aimerais bien savoir ce que tu as dans la tête, Marie. Je me sens normale depuis que j'ai rencontré Diane.

Les frères Yari arrivent avec deux blondes, grandes et frisées qui louent des patins de filles, roses à lacets ; ils glissent, à quatre, les filles tombent en riant. Je dis bonjour, de loin ; Molly me rejoint, les gants en laine, la petite veste de daim, l'écharpe Benetton, que nous avons tous. Molly est jolie. Elle est rousse, fine et bavarde. Sa voix, au-dessus de la musique, *Let's Dance*, qui raconte sa famille, ses sœurs, Zürich, les vacances à Crans-Montana, le bal de Polytechnique, les soirées au Palacio, le cambriolage.

Molly habite une propriété, sur les hauteurs. Son père est diamantaire. Cinq voleurs, un matin, dans la maison. Molly était seule. Molly attachée à une chaise. Molly et le revolver sur la gorge. Elle n'a pas eu peur. Elle a prié, de toutes ses forces. Ils n'ont pas trouvé d'argent. Ils ont pris les bijoux, les tableaux. C'est tout. Son père a acheté des chiens-loups depuis ; Molly préfère les dobermans. Molly m'aime bien. Jane est son modèle, une vraie femme, les ongles longs, les jupes serrées et sa relation sérieuse, avec Alex. Ils vont se marier. Molly se méfie de Diane. Elle connaît Sorg depuis l'enfance. Il était dans la classe de sa sœur aînée. Il est trop gentil avec elle. Il ne sait pas la tenir. Diane aime la violence. Diane aime faire du mal. Je ne la crois pas. Je n'ai pas mal. Il ne faut pas s'approcher de Diane. Elle brûle comme le feu. Elle détruit. Elle ne donne pas. Elle fouille la tête, dit Molly. Jane l'adorait avant. Elles étaient très proches. Il y a eu cette histoire avec Alex. Jane était en France, en vacances.

Molly a fait une fête. Alex est venu. Diane était seule. Sorg passait ses concours à Genève. Ils ont beaucoup bu, du Bailey's surtout, l'alcool préféré de Diane. Elle dansait autour d'Alex. Si tu l'avais vue, Marie, c'était bizarre, son regard fou. Jane était sa meilleure amie. Diane avait promis de veiller sur Alex. Il faisait chaud. On avait installé le buffet dehors, avec des lampions dans les arbres. C'était une belle fête. J'espère que tu viendras un jour, Marie. Nous étions nombreux. La musique était forte. Diane a disparu. Mark m'a prévenue. Nous l'avons cherchée avec une lampe torche. C'était comme une battue dans le parc. Tout le monde aime Jane ici. C'est notre mascotte. On criait. Diane, Diane, Diane ! Moi aussi j'avais trop bu. Et puis le corps de Diane dans la lumière. Elle était nue, Marie. Elle n'a même pas caché ses seins. Elle est restée là, fière, silencieuse, et Alex, derrière, se rhabillait.

J'ai envie de Diane.

51

La ronde des voitures autour du Rusty, le barrage de la Rance, inondé, les pylônes, des géants électriques, le corps de Marge sous le corps de Luc, les mains d'un garçon qui sentent le sperme, la tequila de La Potinière, le sel et le citron, les lèvres de Julien, le corps lent de Carol, se nourrir, tenir, boire du thé chaud, perdre la voix, cracher du sang ; Nikie à la fenêtre qui nous attend, Liz endormie, la marée haute qui emporte les barrières du club, jamais la mort ne se sera autant rapprochée de nos corps qui cherchent dans la nuit. Nous sommes des chiens. Nous sommes des fantômes. Nous sommes perdus. Je m'enfuyais souvent du club, enfant. Je remontais aux villas. Les moniteurs couraient vers la mer : Marie s'est noyée ! Je me couchais dans le lit de mes grands-parents, sous les couvertures. J'avais froid, j'avais la fièvre, j'avais peur, je voulais un ventre. Le ventre prend tout, dit ma sœur. Le corps du cancer remplâce le corps de Carol. C'est l'autre sur son lit, qui dort et respire. C'est l'autre dans les yeux. C'est l'autre sous la peau qui a vieilli. C'est l'autre dans la chambre, un vampire. Les volets sont fermés. On n'entend pas la voix de Carol. On entend le bruit des appareils, l'oxygène, la ligne du cœur, la goutte d'eau dans le lavabo. Le petit poste n'a plus de piles. On a un poste de la guerre aux villas, énorme, qui marche encore, Electric Light Orchestra. Le mimosa sent mauvais. La dune a pris feu. Je ne vais plus à la plage. Je vis la nuit, une autre vie. La maison des Rivet est fermée, elle aussi. Un été de malheur. J'ai perdu Marge. On perd Carol. Arnaud Rivet était trop jeune. Je n'avais pas le droit. Sa mère, furieuse. Son fils, son petit garçon. Un enfant dans un corps déjà musclé. Un enfant qui voulait. Un enfant qui me suivait. Un enfant qui suppliait. Je n'ai rien fait. Il était si beau, si impatient, si vulgaire un jour, quand il cracha dans ses mains pour faire monter son sexe.

52

Diane descend de sa voiture. Elle marche sur la route de Gockhausen. Elle court vers moi. Elle appelle. J'ai gagné. Il neige. Diane a un parapluie ; tout de suite, son parfum, sa voix. Aucun élève près de nous. Je regarde le lycée au loin, si petit. J'entends la sonnerie. Le cours va commencer. Je regarde le chemin qui descend vers la forêt. Diane prend mon bras. Elle a peur de tomber. Nous glissons sur la neige. Personne ne saura. Diane m'entraîne. Elle a attaché ses cheveux. Elle porte un manteau noir. Diane, *Year of the Cat*. Diane a cédé à mon silence. J'ai gagné. Je ne sais pas quoi dire. Tu as perdu mon numéro de téléphone ? Tu connaissais Jane ? Tu as peur de moi ? Ce ne sont pas mes mots. Je perds ma voix. Je devrais dire, c'est moi le feu, c'est moi qui brûle, je suis forte. Je pense au *Docteur Jivago*. Je ne suis pas romantique. Je ne suis pas une fille de Vienne. Je n'aime pas la valse. Je ne suis pas une fille de Colette. Je ne suis pas naïve. Je ne parfume pas mes lettres. Je ne dessine pas de cœurs. Je pourrais m'enfuir. Je pourrais l'assommer avec une pierre. Je pourrais tout faire, avec mes mains. Je pourrais entrer dans la nuit. Je pourrais laisser la nuit entrer en moi. Je pourrais lui remettre mon corps. Diane, légiste. Diane, embaumeur.

La forêt est sombre et glacée. J'ai froid. Diane

déteste mon silence. Diane me trouve lâche. Diane déteste Céline. Elle nous a vues près du lac. Elle nous a suivies. Diane sait où j'habite. Elle a reconnu ma sœur, ma mère. Diane a perdu la bague en diamant de Sorg. Elle a cru qu'il allait la tuer. Diane veut que je revienne à Uster. Diane veut. Diane m'interdit de voir Gil. Diane me reconduira en voiture. Diane m'apprendra à skier. Diane corrigera mon allemand. Diane m'emmènera au Palacio. Diane choisira mes vêtements. Diane lavera mes cheveux. Diane embrassera ma peau.

Diane ne m'aimera pas.

53

Enfant, Carol me fascinait parce qu'elle faisait vraie femme, avec ses cheveux longs, son maillot deux pièces, sa façon de conduire, de tenir sa cigarette, ses ongles de pied vernis, sa voix grave, son air hautain, parfois ; je me disais que je n'arriverais jamais à lui ressembler, à être aussi à l'aise dans mon corps. Je trouvais mes gestes gauches, ma voix cassée, mes vêtements froissés, il manquait quelque chose, d'impeccable, de fini. Le jour de mon anniversaire Carol a dit, « Tu es une vraie petite femme, Marie » et je ne l'ai pas crue. Pas de place pour mon corps dans la nuit. Pas de place dans les vagues. Pas de place sur la plage. Toujours à côté de moi quand je danse, Frankie Goes to Hollywood, quand je chante, Annie Lennox, Alison Moyet, quand je pense à l'enfance, à la digue, à la cabane où je me changeais, aux concours, aux cadeaux, almanach de Mickey, petit pot de Benco, puzzle Michelin, mes mains sur le filet de la baignade surveillée. J'avais ce regard en biais sur moi et cet étonnement après, du ventre, des hanches, des seins, deux disques rigides sous la peau. Pas de place quand je bronzais nue dans le jardin avec Audrey, quand on s'arrosait au tuyau, quand le facteur disait, « Rangez vos petits bijoux mes chéries. » Je ne pensais jamais à moi, à ma poitrine, Audrey me semblait supérieure, plus consciente de sa féminité. Elle savait faire avec sa voix, avec son visage. Elle savait marcher. Elle était sensuelle. Je ne pensais pas au désir sur moi. Je pensais au sang et aux chairs. Je pensais à la vie intérieure, à ce qu'on ressent pendant la course, la nage, à bout de souffle. Je ne pensais pas à la vie qui déborde, aux cuisses, à la taille à prendre. Je ne pensais pas à jouir de cela, « Un don du ciel, Marie », disait Antoine. Je pensais à ma sécheresse, à mon absence de sentiments. Je pensais au malheur. À ce qui prend le corps. Je pensais à la mort sans la nommer. Je pensais à la mort cachée sous la vie. À cette issue-là. Ce qui nuit. Ce qui efface tout, les jolies robes d'été, les pieds nus dans les sandales, les petits hauts décolletés, le parfum derrière l'oreille, les mains bronzées sur le volant, le pont du Sillon qu'on descendait très vite pour *se faire des sensations*, disait Carol.

54

Diane entre dans ma vie, lentement. Elle se superpose aux autres visages. Diane sur mes yeux, comme un prisme. Elle encercle, le tigre et la gazelle ; son parfum, ses cadeaux, sa musique, ses appels téléphoniques, sa voiture à l'arrêt du bus, la place en classe qu'il faut retenir, le casier à la gym qu'il faut partager, les week-ends à Uster, la patinoire, la forêt, la piscine couverte, ses mots, ses lettres. Je me laisse faire. Je me laisse pénétrer, par sa voix. Je deviens dépendante. Astrid me fuit, « Tu es bizarre quand tu t'habilles en noir. » Céline est en colère, « Tu me caches ta vie. » Ma mère est convoquée, « Votre fille ne fait rien ; elle rêve en classe. » Je tombe amoureuse. C'est la première fois. Je prends le train seule. Je mens. Je disparais derrière les champs d'Uster. C'est ma vie secrète et merveilleuse. Quand Diane part pour Genève, je vais chez Molly le vendredi soir. Je regarde avec Jane et les frères Yari des films d'horreur, *Halloween*, *Le Retour des morts vivants*, *Les Griffes de la nuit*. Je n'ai jamais peur. Je rentre par la route du Dolder. Je ne rencontre personne sur mon chemin, ni fantômes ni écorchés. Mon monstre est dans ma tête. Il a le visage de Diane, son beau visage. Il a le corps de Diane, le félin. Je reste dans le salon de l'appartement, avec mon Walkman, *honesty such a lovely word*. Je ne suis pas triste.

Je ne lui en veux pas. J'attends sa main dans mes cheveux, le savon sur ma peau, la chambre d'Uster, le planisphère, ses jambes longues et fines, le brunch dans la cuisine, les albums photos. J'attends que le jour se lève. Je pense aux appels de Sorg, aux mensonges, oui je suis seule Sorg, oui je travaille, oui j'ai à faire à Zürich, oui je dois garder la maison, non ma mère est là, non tu ne peux pas venir Sorg. Diane ne m'appelle jamais de Genève. Très vite, je m'attache. Très vite je tombe. C'est comme tomber d'une fenêtre. C'est comme nager sous la glace. C'est comme mettre le feu à la forêt. C'est un autre monde. Je prends la place de Sorg. Personne ne se doute. Personne ne veut voir. C'est impossible d'aimer une fille. Ça n'existe pas. J'oublie ma montre chez elle, un pull, une brosse à cheveux. Je fais exprès. Je m'amuse.

Je ne me méfie pas.

55

Je ne l'ai pas reconnue, dit ma sœur, elle est sortie de la clinique, nous nous sommes croisées, je l'ai regardée marcher, elle avait un bouquet de fleurs à la main ; c'est interdit les fleurs pour Carol maintenant, tout devient très dangereux, même nos peaux, nos souffles, je porte des gants et un masque, le cancer profite de nous, il se nourrit de nos germes, la salive, la sueur, rien ne filtre, tout passe d'un corps au corps de Carol, tout se modifie pour nuire, alors les fleurs, la terre et les épines, tu imagines ; je ne l'ai pas vue quitter la maison, elle s'est levée tôt, on devait y aller ensemble, en bus, et là, j'arrive et je ne la reconnais pas, notre grand-mère, voûtée, le pas lent, comme si elle avait été frappée ; elle ne m'a pas vue, pourquoi ? Elle est montée dans le bus ; après elle m'a dit qu'elle n'était pas allée à la clinique, qu'elle irait demain ; maman dit que c'est le choc, la tristesse, que ce n'est pas tenable pour une mère, on ne peut pas soutenir cette image-là, les bouteilles d'oxygène, les tuyaux, la peau blessée. La clinique devient déserte, moins de personnel, moins de malades. Le docteur est en vacances. Il nous a laissées là, comme des imbéciles. Il a dit qu'il ne pouvait plus rien faire ; on lui a demandé d'aider Carol à partir, il a répondu qu'il n'était pas un criminel, qu'il fallait laisser les choses se faire, respecter la nature, que le corps s'arrêterait seul. J'ai voulu aller au ciné, m'asseoir à une terrasse de café, prendre le soleil dans le jardin et je n'ai pas pu, Marie. C'est comme si la vraie vie glissait autour de moi. Je reste à l'extérieur. Je suis un zombie. Je suis avec Carol, dans la rue, dans mon sommeil. Je ne viendrai pas à Saint-Malo, Liz comprendra. J'ai la tête à l'envers.

56

Diane, ses yeux en classe, sa main sur le papier, ses pas dans le couloir du lycée, Diane qui revient de Genève avec de nouveaux vêtements, une montre, des bottes, Diane qui caresse ma jambe sous la table, « Arrête de faire la tête, Marie. » Diane à qui je pardonne. Diane que je protège. Diane que je défends. Cette fille est le feu. Cette fille est une allumeuse. Cette fille est prétentieuse. Sorg est malheureux. Jane la déteste. Diane que je serre dans mes bras. Diane qui se parfume. Diane qui danse devant moi. Diane, comme une prostituée quand elle se change, se maquille et que je la regarde allongée sur le lit ; Diane, ce fantasme-là, non d'être un homme avec une pute, mais d'être une femme qui aurait payé pour la voir danser, pour la sentir, qui accepterait de se laisser faire, d'être abusée, de ne rien demander en retour. Je ne paie pas. Je n'ai pas d'argent. Je n'ai que mon visage, que ma patience, que mon silence. Je pourrais tout dire. J'ai le numéro de Sorg à Genève. Je pourrais raconter. Je ne souffre pas trop. J'attends. J'espère. Il neige encore à Zürich. J'aimerais partir en vacances. Céline a parlé d'un club à Leysin, un club de ski. Il faut quelqu'un de majeur, ma sœur pourrait nous accompagner. Quitter Diane pendant dix jours ? Prendre un autre train ? Je ne réponds pas. Céline m'invite au Palacio. Jane sera là. Elle me trouve mauvaise mine, l'air triste. Pourquoi je porte ce parfum fort qui ne me va pas ? Pourquoi tous ces mots qui circulent en classe ? Pourquoi mon coup de pied dans la chaise de Diane l'autre jour ? Ma sœur pose des questions. Céline lui a parlé de Gil ; « Si tu ne me dis pas tout, je ne pourrai plus te couvrir, Marie. » Il n'y a rien à dire, Céline. La Bahnhof le samedi matin, mon billet, le contrôleur, le train, la maison d'Uster ; cette fille entre dans ma tête, Céline, je la veux pour moi, je veux plus, ses lèvres, je pense à son sexe parfois, sans faire exprès, une image opportuniste, qui vient, qui surgit, une phobie, j'imagine une culotte couleur chair, de vieille, je ne sais pas pourquoi, ça me donne la nausée, je me déteste alors, je ne me connais plus, j'imagine des bas à pinces, des jarretelles, j'imagine des gros seins aussi, j'en suis sûre, je les sens, quand je pose mon visage, et le peignoir de soie, et la bague en diamant qu'elle a perdue, et ses jambes, lisses, et ses colliers au cou, et ses boucles d'oreilles, et nos longs bains, et ses yeux qu'elle ferme quand je suis nue. Elle me réveille la nuit, « Je t'aime, Marie. » On s'endort avec de la musique. On mange dans le lit. Elle promet tout. Elle donne à peine. Tu veux savoir ce qui ronge ma tête, Céline ? Je te dégoûte ? C'est immonde ou c'est magnifique ? C'est la vie ou c'est la mort ? C'est un signe de bonne santé ou de grande maladie ? Dis-le à ma sœur. On m'attachera les week-ends. On coupera le téléphone.

On coupera les mains de Diane.

Le petit corps de Liz dans les vagues ; le petit corps de Liz qui ne sait pas ; je tiens sa main, nous plongeons ensemble, je la récupère, toujours, comme mon père avant, dans les rouleaux ; on se disputait, je ne voulais pas donner la main, je n'avais pas peur, les vagues étaient fortes, elles emportaient le corps léger des enfants contre les rochers.

La mort n'est rien pour Liz, c'est le ciel et les petits anges, c'est un grand jardin après les nuages avec des fleurs merveilleuses et que des gentils. Aucun corps-monstre. Aucun visage d'os.

Nous rentrons, en courant, vers le sable chaud. La mer est trop loin de la plage ; c'est bon pour le sang, disait ma grand-mère, ça ravigote. Liz s'enroule dans sa serviette. Je frotte sa peau, blonde, à peine bronzée. Je l'embrasse. Je l'adore. Je veux la protéger. Je sors le goûter, du pain, du beurre et du chocolat. Je n'ai pas les gestes d'une mère. Je ne les aurai jamais. C'est toujours l'enfance que je répète. C'est mon double que je nourris, qui pose sa tête contre mon épaule, que je chatouille. Les enfants portent mon enfance. Je les aime pour cela. Pour ce qu'ils font réapparaître : les cris dans les vagues, la sieste sur la plage, les yeux vers le ciel, cette grande solitude.

58

    Je suis au Palacio avec Céline, la musique, Madonna, les gens de Zürich, les garçons immenses, des corps de skieurs, les filles, cheveux crêpés, jupons en dentelle, bas résille, crucifix aux oreilles, mitaines, Madonna, mon idole, deux étages, une rampe métallique, des danseuses que je m'interdis de regarder, Diane se propage, Diane est interchangeable, toutes les filles ont un air de Diane, toutes les filles sont aimables, avec leur visage triste ou heureux, avec leurs vêtements de fête, avec leur maquillage, toutes les filles veulent se faire aimer, je trouve ça beau et courageux. Un franc suisse le verre de bière, un bar en plomb, un écran, un volcan avec de la lave qui jaillit comme du sang des veines ; *elle est sexe*, Diane, et elle est à Genève. Je vois les frères Yari avec des blondes, des langues, les bouches ouvertes, le désir, sans amour, la salive et les dents, faisons connaissance. Ce n'est pas cela le sentiment. Ce n'est pas cela, la beauté. C'est sublime d'attendre. C'est sublime d'espérer. Jane est sur une banquette avec Alex, les mains, le soutien-gorge qui apparaît à cause du stroboscope, fermer les yeux, ça brûle les cellules cette lumière qui miroite, le soleil sur la mer, elle traverse les vêtements, la peau, nos visages de morts vivants. On dit que les films d'horreur libèrent de la violence. Il faut en voir, c'est apaisant. Les petits verres de bière, un franc, « Manque une goutte de gin ou de whisky », dit Mark ; manque Diane sur la piste. Un garçon m'invite à danser, je me laisse faire, il est joli. Je n'entends pas Céline. Toujours la musique sur nos voix. Ça m'arrange. Céline a tout compris. Je sais Marie, je sais. Comment ? Je n'entends pas, Céline ? *Like a Virgin*. Quoi Diane ? Quoi me méfier ? Quoi je fais des conneries ? Quoi besoin de vacances ? Mais c'est les vacances, regarde, je peux embrasser si je veux, je peux onduler du corps, je peux suivre la musique, je porte une jupe et des bottes, j'ai du Ricils sur les yeux, j'ai les cheveux longs, je suis une vraie fille, Céline. Et toi tu pourrais comprendre avec ton blouson, tes tiags, ta moto, non ? Je me suis trompée ? Pardon alors. Et ce parfum, Kouros ? Ah ! tu es avec Olivier depuis quinze jours, tant mieux, bravo, c'est beau l'amour, une fille, un garçon, s'embrasser dans la rue, au bord du lac, sur le quai de la gare, profites-en Céline, c'est magnifique d'être libre, de ne pas avoir peur, de ne pas mentir. Moi c'est la guerre. J'invente, j'ai de l'imagination. Cacher, ne pas se plaindre. Je ne pourrai jamais dire qu'une fille me brise le cœur. Je ne suis pas comme toi, Céline. Je ne trouve pas ma place.

59

Petite, Marge aurait voulu que j'aie un frère aîné. C'est trop bête, disait-elle, je l'aurais épousé. Je serais devenue ta sœur. Julien ne suffisait pas ; un cousin n'est pas un frère. Moi je veux ton sang, disait Marge. Moi je veux ta peau. Moi je veux ta voix. Moi je veux te reconnaître dans mes enfants. Moi je veux les nourrir. Moi je veux t'élever, Marie.

Adolescente, Marge voulait habiter avec moi. On ira faire nos études à Paris. On aura un bel appartement, avec du parquet et une cheminée, on aura une Golf décapotable, on sortira tous les soirs, les quais de Seine en voiture, La Coupole, les mecs à nos pieds.

Je ne vois plus Marge sur la plage. Je n'entends plus les tourterelles dans les arbres. J'ai raté le feu d'artifice. C'est les marées d'équinoxe. Deux personnes se sont noyées. Le sauveteur n'a rien pu faire. Il a plongé avec une corde et une bouée. Il est allé loin. Il n'a ramené qu'un nageur. L'autre a disparu dans les vagues. Deux hommes. On dit qu'ils se sont baignés pendant la nuit. Le noyé avait encore ses vêtements, un jean, une ceinture en cuir, une chemise. Enfant, Nikie disait que j'étais malsaine. Je traînais près de la cabine des sauveteurs. Je regardais à l'intérieur de l'ambulance. Je racontais les corps, le sang, la bave aux lèvres, la peau bleue. J'étais fascinée. Je n'ai aucun véritable souvenir de cela. C'est la voix de Nikie qui me fait croire à ce passé de fossoyeur.

60

Je retrouve la peau de Diane, c'est le paradis. Je ne veux rien de plus ; juste la musique, la fenêtre sur le jardin, les arbres brûlés par la neige, juste le silence de sa maison, à l'extérieur de Zürich ; je ne veux plus entendre Céline, je ne veux plus regarder Jane, je ne veux plus penser aux corps qui transpirent, l'un sur l'autre, les ventres blancs, les mains qui soulèvent, les hanches qui s'écartent comme celles des marionnettes à fils que mon père m'avait rapportées d'un voyage à Moscou. Sorg va venir à Zürich pendant quelques jours. Il a réservé une chambre à l'hôtel, près du lac. Diane ne le veut pas chez elle. Il pourrait fouiller ses affaires, écouter ses conversations téléphoniques. Quand elle dort avec lui, elle pense à la mort. Elle ne sait pas pourquoi. C'est le corps des garçons qui fait ça, les jambes maigres, le ventre creusé, le dessin des côtes, le sexe aussi, peut-être, nu et fragile, comme un os de sang. Diane ne pense pas à la mort avec moi. Elle dit qu'elle n'a jamais connu quelqu'un d'aussi tendre ; même Jane se lassait de ses mains. Moi je demande toujours plus, comme un animal, et j'embrasse tout doucement, et je prends les objets avec soin, et je ne fais pas de bruit dans l'escalier, je marche lentement, j'ai tout mon temps, avec Diane. Sorg parle trop fort. Sorg est vulgaire parfois. Sorg est impatient.

Diane ne l'aime plus comme avant, quand elle l'a rencontré, au bal de Polytechnique. Elle s'ennuie. C'est toujours la même chose, Genève, son appartement, leurs promenades, la marche lente d'un enterrement. Sorg ne suffit plus. Diane veut rire. Diane veut sortir au Palacio. Diane veut rencontrer quelqu'un.

Je suis tendre comme un animal mais je ne suis pas un chien.

61

Quand je sortais au Rusty avec Marge, il fallait danser sur l'estrade. Marge se prenait pour une chanteuse, on devait la voir, l'applaudir, la désirer. Marge s'appelle Margaret. Elle est danoise par son père. Elle préfère Marge, comme l'actrice de *Plein soleil*.

Je dansais en retrait, Marge bougeait mieux que moi ; elle disait, « Je les méprise tous ces petits cons, ils ne m'auront jamais, c'est avec toi que je rentre. » On rentrait à pied, on avait peur de monter dans les voitures. Les gens buvaient beaucoup. La route de la Rance est mortelle après le barrage. C'était très long, très fatigant, on avait mal aux pieds, on coupait par les chemins de terre et les champs de maïs, c'était la torture de la *saturday night fever*, on chantait, on était un peu ivres, on dormait à Dinard chez le grand frère de Marge, Alan. Je n'avais aucun désir pour Marge. Je la trouvais jolie, sa peau ne me faisait rien. Marge disait, « Ce serait drôle qu'on nous prenne pour des lesbiennes. Ils seraient fous les mecs. Ça les excite tu sais. Ils adorent les couples de filles. Ça les fait bander, surtout les jolies filles. Ils disent qu'il manque un truc, et clac ils arrivent. » Je n'ai jamais compris comment on pouvait faire l'amour à trois. Quel plaisir à cela ? Question de style, peut-être. Question d'acrobatie aussi. C'est d'une grande trahison pour les garçons.

Les filles ne manquent de rien entre elles. C'est d'un grand mépris pour les garçons. Ils devraient se méfier. Aucun corps de garçon ne peut se substituer à la chair élastique d'une fille. C'est impossible. Je ne voulais pas qu'on nous prenne pour des lesbiennes. Ça ne me plaisait pas. J'avais des mots horribles pour ces filles que je croisais parfois à Paris, à Saint-Germain. J'étais ridicule d'ailleurs. Je pensais que toutes les filles avec les cheveux courts et un portefeuille dans la poche revolver du jean étaient des filles comme ça. Dans mon imagination, les plus vieilles portaient des monocles et fumaient la pipe. J'avais reçu un livre à Noël sur les pantomimes de Colette. Le mot « garçonne » me dégoûtait. J'avais de la violence en moi, à cause de ça. Je devenais enragée, avant. Avant Diane.

62

Le soir, au gymnase, on s'entraîne pour la rencontre de volley avec l'équipe de Turin. Chaque famille accueille un élève. J'ai rempli un dossier, adresse, numéro de téléphone, profession des parents, nombre de chambres. Je ne voulais pas. Ma mère m'a forcée. C'est bien, tu iras en Italie, après. La fille m'a écrit, elle a joint une photographie à sa lettre. Elle n'est pas très jolie. Diane ne vient pas chez moi. Elle demande, souvent. Je ne veux pas. Elle veut rencontrer ma sœur, voir ma chambre, mon bureau, la terrasse. Je préfère aller chez elle. C'est plus excitant. Il n'y a rien à voir chez moi. C'est secret l'endroit du corps, où il se lave, où il s'endort, où il se caresse. Ce n'est pas montrable. Diane insiste. Pourquoi Céline vient dîner ? Pourquoi reste-t-elle dormir sur le canapé-lit ? Ce n'est pas pareil. Je ne désire pas Céline. Ma mère comprendrait à mon regard. Tu la manges des yeux, dit Céline. Ça se voit. Tu es complètement folle, Marie. Et Gil alors ? Gil, au gymnase, le ballon, les passes, les smashes, mon service à travailler, la musique dans les haut-parleurs, le slow d'Adrian Gurvitz, *Classic*. Gil qui perd ses moyens. C'est mignon les petits garçons. Je ne suis pas sa mère. Je ne suis pas sa sœur. Je ne suis pas l'institutrice de *Claudine à l'école*. Je n'ai rien à donner à Gil, que de l'ennui, ma langue qui compte les tours, mon ventre qui se décolle, mon corps qui sent l'autre durcir, mes mains que je regarde sur sa taille. Je pourrais le toucher comme une fille ou comme le font les garçons. La main entre les cuisses. La main qui pince une fesse. La main qui froisse le sein. Ces gestes, tant de fois reçus, tant de fois décomposés, le souffle aussi, de plus en plus fort, la salive sur le visage, la circulation du sang qui ne peut plus se retenir, le sang hors de la peau, l'écorché. Non, il est trop gentil, Gil, je ne peux pas. Après il faut expliquer, s'excuser, après c'est la haine, « Tu es immonde Marie, tu fais mal. » Je pourrais fermer les yeux avec Gil, penser à Diane. Je pourrais lécher sa peau alors. Je pourrais le faire jouir alors. Gil n'est pas Diane. Même s'il était une fille, Gil ne serait pas Diane. Je n'aime pas toutes les filles non plus. Il faut quelque chose de particulier. Je ne regarde pas les filles dans la rue, ni dans les magazines, ni dans les films pornographiques, rien d'excitant à cela, rien. La fille de Turin ne dormira pas avec moi. Je ne suis pas une fille à filles. Je ne suis pas une fille facile. Je ne suis pas une obsédée.

Céline est surprise par mon comportement, ce *penchant*. Rien ne penche en moi, tout se dresse, tout se tient. Je suis fière, au garde-à-vous, parée à l'attaque, le doigt sur le bouton de la bombe atomique, Orchestral Manœuvre in the Dark, *Enola Gay*. Ça passera, dit Céline. Et ça ne va pas avec mon corps. Je ne suis pas androgyne, dit-elle. Je ne fais pas garçon manqué. J'ai du succès. Elle ne comprend pas. On veut toujours trouver une raison à l'amour des filles. On veut voir sous la peau, opérer, ouvrir, analyser. Androgynie, invertie, l'amour-monstre. Ce serait scientifique. Ça viendrait, par défaut. Androgynie, entre deux eaux. Moi je nage sous le lac. Moi je vois dans la nuit. Moi je marche sans canne. Je ne suis pas malade. Je me sens en pleine forme depuis Diane. Je ne suis pas d'accord avec Céline. Elle parle comme un homme éconduit. Céline dit que certaines filles ont fait ce choix-là. Je ne comprends pas. Il n'y a aucun choix à aimer une fille. C'est violent. C'est l'instinct. C'est la peau qui parle. C'est le sang qui s'exprime. Céline n'a pas choisi d'aimer Olivier. Je n'ai pas choisi d'aimer Diane. C'est une loi physique. C'est une attraction. C'est comme la Lune et le Soleil. C'est comme la pierre dans l'eau. C'est comme les étoiles dans le ciel. C'est comme l'été et la neige. C'est de l'histoire naturelle. Ça reste longtemps dans le corps. C'est inoubliable. C'est la grande vie.

J'aime Diane, je suis milliardaire.

63

Quand ma mère a vu le film *Cria Cuervos*, elle a eu très peur de mourir jeune, de nous laisser. Elle disait, « Tu ressembles à la petite fille, Marie, avec le pantalon blanc et le sous-pull rouge. Tu as son âge. Tu as ses yeux. Tu as sa frange, à la Stone. Tu as sa tristesse. » Je n'avais pas le droit de voir le film. Ma mère acheta le 45-tours, *Porque te vas ?* Je découvrais sur la pochette les actrices. Aucune ressemblance, à part le sous-pull rouge. Ma mère écoutait la chanson, elle disait, « Ce serait horrible de vous laisser. » Je ne voulais plus dormir. J'étais sûre qu'elle allait mourir. Quand elle disait, *vous laisser*, la vie semblait longue et vide, un puits sans fond, l'aqueduc. Déjà elle abandonnait. Ma mère ne cachait ni ses craintes ni ses cauchemars ; ça tombait sur moi, jamais sur ma sœur aînée, « Marie tu étais encore attachée à la voie ferrée la nuit dernière, c'était affreux, le train arrivait et tu étais seule. » Ma sœur connaissait la chanson par cœur, en espagnol. Je crois qu'on mettait le disque pour nous venger. Ma mère n'avait pas le droit de mourir. J'aimais Geraldine Chaplin, elle avait le visage osseux et un regard perdu sur la pochette, je la revis à la télévision, en interview, puis, bien après, dans un film de Lelouch où elle devait encore mourir. Je me souviens de la réplique du docteur, « Elle travaille trop et elle fait trop l'amour. » Le sexe pouvait donc tuer, par excès.

Liz et Sybille ont l'âge des petites actrices. Carol est sur les rails et ce n'est plus du cinéma. Ça va arriver, dit ma sœur. Il y a des orages tous les soirs à Rennes, des orages de chaleur, avec des pannes d'électricité. J'ai acheté des bougies et des allumettes. Ils ont eu peur à la clinique, à cause des appareils. Carol est maintenue. Carol est prolongée. Son visage reste beau, dit ma sœur. Elle sourit en dormant. Elle est déjà partie. Et toujours la ligne du cœur sur l'écran, régulière, parfaite, qui fait espérer. Elle respire. Elle est en vie. Elle nous regarde parfois, je ne sais pas si elle nous voit, en tout cas, je ne pleure jamais devant elle. On dit que la mort est horrible pour les autres, pour ceux qui restent. Et le mourant alors ? Et sa peau qui le trahit ? *Porque te vas ?*

64

Le visage de Diane H. dans mes mains. Le corps de Diane H. près du mien, l'immense bonheur. Sa voix au bord du lac, un bateau à moteur ouvre la glace, les montagnes encerclent. Zürich, le conte de fées, Zürich, la personne de Diane, Zürich, le secret, Zürich, les fondations de ce qui suivra, après. Je sais que Diane restera en moi, enfouie, aimée et détestée. Mon histoire avec Diane aurait le titre d'un film avec Paul Newman, *Doux oiseaux de jeunesse*. Mais Diane n'est pas douce. Diane cherche quelqu'un. Diane me tient dans sa main. Diane, *Year of the Cat*, me fait danser, me fait chanter. Diane, ma kidnappeuse. Diane, ma terroriste. Diane vole mon corps. Diane vole mon désir. Mon ventre est à elle. Diane a mon visage. Je la contemple dans mon miroir. Diane dans mon regard. Diane me fait grandir. Je comprends les hommes, leur joie, marcher au bras d'une femme, répondre à sa voix, déjeuner au restaurant, boire du vin, rire, écouter de la musique, penser à l'été, raconter son passé, se dénuder, tout dire, tout avouer pour ses beaux yeux, pour sa peau fine, ses lèvres et sa nuque, pour ses jambes qu'elle croise, pour sa main qui prend et caresse, pour ce paradis, qui efface les autres ; seule au monde avec Diane, courir dans la neige et rêver, prendre un avion, salle d'embarquement, aéroport, duty free, cigarettes, champagne, quitter la terre, se marier dans le ciel. Je change avec Diane, j'aime les slows des Bee Gees, je deviens une midinette, je porte des talons et je la séduis. Oui Diane est troublée, oui Diane a du désir, oui Diane veut m'embrasser, oui Diane oublie sa main sur ma cuisse quand elle s'endort, oui Diane ne peut plus se passer de moi, oui Diane va trop loin.

Elle se regarde glisser et elle a peur.

65

Avec Marge, on faisait toutes les soirées de Saint-Lunaire, on entrait partout, soirées chic, pas chic, invitées, pas invitées, on entrait, dans les maisons, dans les appartements, Julien disait, « C'est à cause de vos petites gueules » ; moi je crois que c'est à cause du corps de Marge. Marge a quelque chose sous la peau qui dégage, ses fesses hautes, ses petits seins, son visage étrange, fin et cabossé, très blonde avec les cils blancs ; elle est bien faite, comme prête à ça, en plus, au frottement, à l'ouverture du corps. « C'est mon côté danois, moi je fais cochonne, toi tu as la tête. » Marge disait que mon intelligence était sexy, que ça excite, aussi, de se faire une fille pas bête, que c'est un challenge pour les mecs. C'est pour cette raison qu'on entrait partout, la tête et le corps ; Marge et moi, la fille idéale. Je ne voyais pas les choses ainsi. Marge ne s'aimait pas. Marge refusait d'aller plus loin avec un inconnu. Il fallait attendre, se renseigner, être sûre. Sûre de quoi ? Marge a changé. On dit que certaines filles ont les yeux bandés chez Luc, que c'est encore plus excitant pour elles. Et puis il y avait les concours de baisers, et c'était bien d'être en surnombre. Les garçons faisaient une ligne, on les essayait. Marge donnait des notes. Moi je retenais l'odeur, Marge la technique et son niveau de désir ; celui-là, il pourrait faire jouir avec sa langue, celui-là, je suis frigidaire, celui-là, il embrasse mal mais il a des Weston, celui-là est idiot mais avec un beau corps. Je crois que Marge détestait les garçons. Je crois qu'elle cherchait quelqu'un d'autre en eux, l'être parfait, l'intouchable, son frère, Alan. Alan ressemblait à Alain Delon. C'est pour cette raison que Marge regardait plusieurs fois par semaine la vidéo de *Plein soleil*. Marge, Marge, Marge, répétait-elle.

Marge voulait mon frère en rêve pour renier le désir de son propre frère.

66

Je rencontre Gil, un samedi midi, à la gare d'Uster. Il va à Zürich. Je vais chez Diane. J'ai mon sac de voyage. Je croise mon alibi. Gil est vraiment beau. Gil ressemble vraiment à Gregory Peck. Il est avec sa petite sœur Adèle. Ils vont patiner au Dolder. Je n'ai jamais vu Gil à la patinoire. Je ressemble à une voleuse. Je rougis, pour la première fois, devant lui. Il habite près d'Uster, une maison dans les champs de neige. Il a deux chevaux. Il faudra venir. Je ne sais pas monter. Je n'ai jamais lu *Le Docteur Jivago*. Gil a les dents blanches et les cheveux très noirs. Il rate son train. Il prendra le prochain, dans vingt minutes. Je connais les horaires par cœur. Gil ne demande pas où je vais. Il n'y a rien à faire à Uster. Diane arrive, en retard. Gil la voit, sur le quai. Elle salue à peine. Je lui en veux. Gil a compris ? Non, ça n'existe pas pour lui. Diane est dans ma classe. Les filles sont très proches à l'adolescence. On va danser. On va parler des garçons. On va se faire des coiffures et des cocktails. Diane est silencieuse sur le chemin de la maison. Je marque un point. Je t'ai dit de faire attention à toi, à ta voix, à tes regards. Il est amoureux. Tu l'allumes, Marie. Tu n'as pas le droit. Tu lui as pris le bras. Tu t'es retournée sur son train. J'ai envie de rire. Diane est jalouse. De lui ou de moi ? Diane trouve

Gil très beau, pur, respectueux, le mari idéal, l'inverse de ses amants. Les mecs adorent quand je crie, dit-elle. Ils adorent me faire crier. Je crie bien, fort, au bon moment, quand ils sortent de leur corps, qu'ils sont à ma merci, qu'ils ont l'impression de me pénétrer alors que c'est moi qui les engloutis. Je sais bien mentir, Marie. Je les ai comme ça. Personne ne crie comme moi. Personne ne sait gémir ainsi. Diane se venge de Gil. Diane se venge de moi. Elle claque la porte de sa maison. Elle jette les clés sur la table en verre, son manteau, son écharpe. Elle monte dans sa chambre. Je regarde la neige tomber. Je ne veux pas rester. Diane m'appelle. Je pourrais la gifler.

67

Quand j'habitais rue Saint-Charles, j'allais à l'hôtel Niko. Je surveillais les couples. J'attendais sur un fauteuil en cuir. C'était toujours la même mécanique. L'homme arrivait en premier, avec un dossier ou une mallette, il réglait la note par avance. La femme devait l'attendre au parking. Elle arrivait vingt minutes après. Elle prenait l'ascenseur. Ils descendaient ensemble, au bout d'une heure et demie, en riant. Je pense qu'ils n'étaient pas mariés. En les regardant, je changeais de vie. J'étais en vacances de ma propre vie. On ne me demandait rien. Je finissais par connaître le concierge et une femme de chambre. Un jour, j'ai juste dit que j'attendais mon père, on m'a offert un jus d'orange. C'était idiot mais j'aimais ça. Au printemps je faisais des balles contre le mur du parvis. J'ai appris à jouer au tennis tôt. Je voulais faire sport-études. La meilleure école était à Nice. Ma mère ne voulait pas : trop jeune, trop maigre, trop difficile. J'aurais bien voulu être une championne de tennis, vivre de mon corps, gagner mon argent ainsi, Roland-Garros, la terre battue, les applaudissements, les grosses cuisses. Je remettais tout sur Gabriella Sabatini. Je l'admirais. Je voulais sa vie, les matchs, la serviette-éponge, le grand sac de sport, les raquettes, la petite croix en or qu'elle embrassait avant d'entrer sur le court. Je suis devenue l'inverse d'une championne. J'ai replié mes forces dans ma tête. Tout s'est concentré en haut, comme un nœud de sang que je n'arrive pas à délier. Tu penses trop, disait souvent Marge. Tu te compliques la vie. Tu empêches ton corps, laisse-toi faire, profite. T'es angoissante comme fille, répétait Antoine, vraiment, tu me fais flipper, Marie. Je me souviens du bruit des balles contre le mur, je pouvais frapper pendant des heures, au même endroit, sans dévier ma trajectoire. Je me vidais. Je me vengeais. J'entendais la voix de l'arbitre, les cris des spectateurs. Je me voyais avec la coupe, The Best Player of the World. On me disait étrange comme fille au lycée Keller, seule Mme Golse me défendait ; professeur de littérature en Golf décapotable, blonde, agrégée, elle avait écrit sur mon dernier bulletin : « une certaine forme d'intelligence qui laisse entrevoir d'énormes possibilités. »

68

Il y a une fête sur une péniche, Limmatquai. Ma sœur vient. Diane doit nous retrouver. Je n'ai pas pu refuser. Je suis très nerveuse. Ma sœur croit que j'ai honte de sortir avec elle, que ça fait chaperon, enfant, débile, mais ce n'est pas ça. Je suis fière de ma sœur, je la trouve plus belle que moi, bien dans son corps, dans ses vêtements, brushée, les ongles rouges, en décolleté, très féminine. Céline vient sans Olivier. Elle reste au bar avec ma sœur, elle l'escorte. Ce serait un beau couple. Je ne peux m'empêcher d'y penser. Je n'aimerais pas que ma sœur soit ainsi. Je serais très intolérante. Je serais jalouse des autres filles peut-être ; vraiment, cela me déplairait beaucoup. J'ai déjà du mal avec Éric. Je n'ai jamais pu les regarder s'embrasser. Je n'imagine pas le corps de ma sœur sous le corps d'un homme. Si je l'imagine, je la vois au-dessus et les yeux fermés, en transe. Ma sœur est une vraie femme. J'aime ça. Elle a un côté maman aussi. Elle a toujours fait attention à moi, les devoirs, l'alimentation. Je crois qu'elle aimerait bien lire mon courrier, je cache mes lettres et mes photographies. Céline a enfin remarqué que Diane ressemblait à Jennifer Beals. Ma sœur veut la voir, absolument. Je ne sais pas pourquoi. Il y a une forme d'excitation à cela. Céline lui a dit qu'elle était très belle, très mûre pour son âge. Ma sœur veut se mesurer à elle. Je ne comprends pas ce combat entre filles, cette rivalité qui est une forme d'amour. Les filles se regardent par en dessous, très vite elles évaluent le potentiel de sexualité chez l'autre, très vite elles sentent ce que peuvent aimer les garçons. C'est une quête charnelle, c'est renifler l'autre, sa chair, ses humeurs, c'est délimiter son territoire sensuel ; plus petit ou plus grand ? dangereux ou inoffensif ? Les hommes rendent les femmes animales. Diane arrive en retard bien sûr. Sorg la suit. Il porte une chemise noire sur un pantalon de smoking. Diane est en robe. Je les regarde, de loin. Diane nous cherche. Céline l'appelle. Je les regarde bien. Vas-y Diane, fais ton numéro, montre tes dents blanches et ta peau dorée ; vas-y Sorg petit chien, suis-la, sans rien dire, ne lâche pas ton os surtout. Diane au bras de ma sœur. Les coupes de champagne, une petite table ronde, Sorg a commandé une bouteille. Ils s'installent. Diane parle avec ses mains, très fort, au-dessus de la musique, *Big in Japan*. Sorg commande une seconde bouteille de champagne. Céline me cherche. Elle ne me voit pas. Je pourrais quitter la péniche, marcher sur l'eau glacée, disparaître. Je pourrais rentrer à Fluntern et me coucher.

Astrid et Karin arrivent.

On me vole Diane. Elle semble heureuse. Sorg est à Zürich pour quelques jours. Ils iront skier à Ebnat. Sorg a loué une voiture. La péniche est assez belle. La piste de danse est en teck, le bar en cuivre, les pales du ventilateur pourraient faucher nos corps. Je regarde ma sœur, elle est troublée. Ce n'est pas Diane, c'est Sorg, grand et blond, triste et galant. Diane me cherche.

Elle quitte la table. Diane dans la foule, le regard des filles et des garçons sur son corps. Diane disparaît. Je la perds, j'ai le vertige, je sens une main autour de ma taille, je reconnais sa voix, « À quoi tu joues Marie ? Tu te caches ? Tu as peur ? Je t'aime, *te quiero*, je t'aime. » Je ne réponds pas, son parfum, nos nuits, ce silence quand elle vient, malgré la musique, *you take my self-control*. Je vais te présenter Sorg. Je ne veux pas. Il doit te connaître. Je ne veux pas. Il le faut, pour moi, pour vous voir, tous les deux, pour choisir.

Sorg se lève et me serre fort contre lui, c'est le champagne, la fête, c'est le visage de ma sœur dans la nuit, c'est la musique ; je devrais reconnaître ses mains qui ont brûlé Diane, je devrais reconnaître ses hanches, son ventre ; rien, il reste étranger. Il n'a pas l'odeur de Diane sur sa peau. Ils ne font plus l'amour. Nous n'aimons pas la même fille. Si, je reconnais une chose, cette chose horrible dans le regard, son inquiétude, quand Diane se lève et danse, quand Diane chuchote à mon oreille, quand Diane caresse les cheveux d'Astrid, quand Diane renverse la tête en arrière. Cette fille est terrifiante. Je ne veux pas danser avec elle. Je ne veux pas entendre ses mots. Je ne veux pas la voir près de ma sœur. Le secret s'ouvre. La péniche cogne contre le quai. Céline est ivre, « Je te comprends, Marie, elle est irrésistible. »

Diane entre dans ma vraie vie. Ta sœur m'a invitée à dîner. Diane me piétine. Je pourrais lui prêter Sorg. Diane m'assassine. J'ai envie de t'embrasser, Marie.

69

Je regarde Julien sur la mer, il est en planche, avec Antoine S., mon premier vrai garçon de Saint-Malo. Ils volent sur les vagues, comme des oiseaux. Il fait froid. Je les attends. J'aimais bien Antoine. Je l'ai rencontré un soir au Chateaubriand, petit, musclé, du sex-appeal, disait Marge, avec des taches de rousseur et des mains épaisses. J'étais seule. Je lisais dans un fauteuil. Antoine était avec Rémi, le moniteur de voile. Ils m'ont fait la cour, « Tu veux un verre ? tu lis quoi ? tu t'appelles comment ? choisis entre nous deux. » J'ai hésité. Rémi est attirant, c'est un vrai beach-boy, avec les muscles au ventre, les belles épaules, les cheveux en brosse et le boxer rouge. Marge disait que je n'aimais pas les garçons intelligents, qu'il n'y avait que le corps pour moi, qu'il ne fallait pas se plaindre, après. Je regrette, parfois, de ne pas avoir choisi Rémi. Il a été vexé de cela. Il ne me parle plus. Antoine était plus jeune, plus fou, un peu voyou, avec le même visage que Sam, un voleur de mobylette qui me plaisait, rue Saint-Charles. Sam sortait au Grenel's, une boîte du front de Seine. Je le voyais aussi à La Main Jaune, porte de Champerret. Il y avait cette chanson de Jean-Luc Lahaye qu'il connaissait par cœur, *femme, simplement j'te dis que j't'aime, j't'aime, t'es comme un soleil qui brille dans mes nuits*. Il avait un petit diamant à l'oreille. Il portait un blouson Redskins et un bandana autour du cou. J'aimais bien penser à lui. Il ne me regardait pas. Il préférait les filles de trente ans. Antoine a remplacé Sam. On est restés ensemble jusqu'à la fin de l'été. Antoine habitait Nantes. Il venait souvent à Rennes et à Saint-Malo. Antoine avait des amis partout. Je squatte, disait-il. Il changeait de maison, de lit, il campait, il dormait sur la plage, il sentait le sable et la sueur parfois. Marge ne l'aimait pas. On est sortis un soir, tous les trois, au Rusty. On a dîné à Saint-Lunaire, au bord de la mer. Marge avait volé du gin dans le bar de son frère. On va s'éclater la tête, disait Antoine. Marge était en colère. Antoine m'embrassait devant elle, la langue dans l'oreille, les mains sous le tee-shirt. Je riais. Je me vengeais. Marge m'avait souvent obligée à la regarder, Thierry, Julien, Ben, « Ça m'excite que tu sois là Marie. » Moi ça ne m'excitait pas du tout. Je m'ennuyais. Pour une fois, elle prenait ma place, la mauvaise place de l'autre qui attend, de l'autre qui entend, *j'ai envie de toi,* la troisième place, médaille de bronze.

Marge ne voulait pas me partager. Nous n'aimions pas les mêmes garçons. Elle disait, « Je te trouve vulgaire avec Antoine. Je ne peux pas vous voir ensemble. Ça me dégoûte. » J'écrivais des lettres à Antoine, de Paris. Je me croyais amoureuse. Je n'aimais pas Antoine, il m'occupait l'esprit. Je l'inventais. Il devenait mon homme, le père de mes enfants. On ne se revit pas après les vacances. Antoine m'appela une seule fois, en octobre, d'une cabine téléphonique. Antoine voulait une photographie pour ne pas m'oublier. Je lui envoyai un Photomaton horrible. Je me coulais. Il arrêta ses études. Il organisait des soirées. Il se faisait un paquet d'argent ; c'était la belle vie, les voyages, les maisons, l'alcool, les disques, le liquide dans les poches. Je n'étais pas triste de son silence. Il m'arrangeait. J'ai retrouvé Antoine à Rennes, aux vacances de Noël. Je lui donnai rendez-vous au Piccadilly. Antoine est venu avec deux garçons. Nous n'avions rien à nous dire. Je le trouvais beau. Il jouait aux jeux vidéo en buvant des bières. Je voulais aller à Saint-Malo, une journée, voir la mer. Antoine accepta. Nous devions partir tôt le lendemain matin, en train, je devais rentrer avant le dîner. J'ai attendu Antoine sur le quai. Il n'est jamais venu. J'ai quand même pris le train. Il pleuvait. La mer était noire. Je suis restée seule. Je n'ai pas appelé Marge. Le Chateaubriand était ouvert, j'ai bu un thé. J'ai marché sur les remparts. Il y avait du vent. Je n'étais pas triste. Je ne voulais plus mentir. Antoine n'existait que dans ma tête. J'avais construit une histoire pour me protéger du vide. Je n'aimais aucun garçon. Je ne tombais pas amoureuse. Je me persuadais. J'avais deux visages, un noir et trash, disait Audrey, un autre romantique et hollywoodien. Je me prenais pour Barbra Streisand dans *Nos plus belles années*. J'attendais mon Hubble. Il n'existait pas. Il ne viendrait jamais. Je n'étais pas comme les autres filles. Il fallait bien l'accepter.

Nous n'avions rien prévu pour le jour de l'an. Julien m'a dit, « Appelle ton petit con d'Antoine, il fait peut-être une soirée. » Antoine m'avait donné un numéro de téléphone où le joindre. Il y avait un répondeur, « Bonjour, Harry n'est pas là, un message après le bip. » Antoine m'a rappelée le matin du 31 décembre.

Il n'a rien dit pour Saint-Malo. Il nous a invités à une soirée, près de la place de la Mairie. Audrey m'a maquillée. Julien était très élégant, une chemise blanche, un pull en V beige, un pantalon en velours côtelé, un caban de marin acheté aux puces. Audrey portait un col roulé à paillettes. Nous sommes partis en taxi. La soirée avait lieu dans un entrepôt. Je ne connaissais personne, à part Antoine. On a dû payer l'entrée, cinquante francs. On nous a mis un tampon rouge sur la main, au cas où nous voudrions sortir prendre l'air. Il y avait beaucoup de monde. La musique était sombre, Kraftwerk, New Order, Bérurier noir, *Salut à toi Che Guevara*. Julien n'aimait pas la soirée et m'en voulait. Moi j'aimais bien. On a bu du champagne dans des gobelets en plastique. Julien cherchait une fille, « Je veux baiser », disait-il, « j'en peux plus, ça fait trois mois, faut que je me vide » ; moi je n'avais rien à vider et tout à remplir : mon corps, d'amour, ma tête, d'espoir. J'ai vu Antoine à la table de mixage, torse nu, en jean, près d'un garçon asiatique, très musclé, magnifique. Antoine m'a envoyé un baiser de la main. Antoine travaillait. Antoine se remplissait, de liquide, de billets. Il semblait heureux. À minuit, Audrey m'a prise dans ses bras, « Bonne année Marie, surtout de l'amour et un mec bien. » Moi je ne voulais rencontrer personne. Je me suffisais à moi-même. J'ai voulu rejoindre Antoine. Il embrassait le garçon asiatique, sur les joues, puis sur la bouche. Ils étaient tous les deux torse nu. Ils se caressaient le ventre, les tétons. Ils collaient leur sexe. C'était très beau à voir. Antoine n'avait jamais été aussi offert. J'étais contente pour lui.

70

Je dors mal, Sorg est à Zürich, Diane vit à l'hôtel. La neige me donne la nausée. Fera-t-il beau et chaud un jour, à Zürich ? Et même si le printemps venait, sentirais-je le soleil, l'odeur des fleurs ? Je ne crois pas. C'est l'hiver dans mon corps. Diane m'invite au cinéma avec Sorg, *Scarface*. Diane prend ma main près de Sorg, *Shining*. Diane se sert de moi, *Psychose*. Elle est vraiment gentille cette fille, dit ma sœur, bien plus gentille que toi. Céline me conseille de l'oublier. Céline ne sait rien. Céline dit que je fais fausse route. Je n'ai jamais marché aussi droit. Je n'ai jamais été aussi consciente de mes gestes, de mes mots, de mon désir. Diane est dans ma tête et c'est le blanc la nuit et c'est le blanc en classe. Je cours dans la forêt. Je fais des progrès. Je tiens longtemps au test d'endurance. J'ai un cœur solide, je ne l'entends plus, il pourrait exploser, ça ne me ferait rien. Sorg est dans la bouche de Diane. Il faut être doux avec Diane, il faut la caresser lentement. Diane dit que j'ai un regard triste. Diane sait tout de moi. Je dors chez Céline. Son histoire avec Olivier ne va pas. C'est un petit flirt, dit-elle, pour faire passer le temps. Céline n'aime plus vivre seule. Elle s'entend, marcher dans l'appartement, faire couler l'eau de la douche, allumer le gaz, elle entend son silence. Céline me fait boire de la bière, ce n'est pas bon, ça enferme vite, Céline me porte dans son lit comme une enfant, Céline dit qu'elle n'a jamais vu quelqu'un aussi mal tenir l'alcool ; c'est mon corps, retourné, battu, qui ne supporte rien, ni l'eau ni la bière ni le chocolat, ni la viande, rien, il me faut de l'air, un souffle qui viendrait des lèvres de Diane, qu'elle me donne de son sang, qu'elle me nourrisse, qu'elle me rende tout ce qu'elle m'a pris. Je deviens folle, peut-être ; je pourrais me caresser en pensant à elle, mais personne, même pas moi, ne peut la remplacer, ne peut s'y substituer. Diane, la solitude, Diane, le rêve qui ne s'arrête pas.

71

Carol reprend connaissance, dit ma sœur. Elle a parlé. Elle vient d'un autre pays. C'était le coma. C'est la vie de nouveau, les lèvres sèches, la peau chaude. Carol ne se plaint pas. Elle a très soif. On a retiré l'oxygène. On a baissé la morphine. On a ouvert les volets et la fenêtre. Ça sent l'herbe mouillée, dit Carol. Ils ont rangé le moniteur. Je ne sais pas si c'est bon signe, dit ma sœur. Carol est plus libre, dans sa chambre. Elle ne sent plus son ventre. Je lui ai fait une manucure, elle a bien aimé, la lime, le bâtonnet de bois, le vernis transparent, sauf l'acétone qui lui a donné la nausée. Carol a changé de chemise de nuit. C'est une infirmière qui l'a aidée. Nous on ne pouvait pas. Nous on n'avait pas le droit, ni de voir la peau nue, ni de la toucher. Carol est en éveil. Pour combien de temps ?

Je cherche Marge sur la plage. Je dois lui parler. Je dois lui dire que je l'aime. Je dois lui dire que j'ai peur. Il fait chaud, de nouveau. Je me baigne dans les vagues. Je nage loin, jusqu'aux bouées du chenal. Je me souviens de Carol qui me prenait sur son dos. Elle était forte, elle pouvait nager ainsi jusqu'à la plage. Je jouais à la noyée. Carol me sauvait. Je nage pour Carol aujourd'hui. J'ouvre mes yeux sous l'eau. Je regarde mes mains et mes bras tendus, je prie de toutes mes forces. Je ne retrouve pas Marge. La maison blanche est fermée. Je ne vois plus Luc. Nikie a entendu un bus arriver, de loin, derrière le brouillard, pendant son rêve. Carol était sans valise. Liz dort avec nous. On lui a installé le petit lit de camp où je dormais enfant près de ma grand-mère quand j'avais peur du vent dans les arbres.

La nuit, je pense à ce film, Pink Floyd, *The Wall*. Des petits enfants courent autour de moi. On me cherche les poux dans la tête. Je pleure sans larmes.

72

M. Portz convoque ma mère, « Votre fille ne fait plus rien, elle méprise ses professeurs, elle se laisse aller, elle a déjà redoublé, on pourrait la renvoyer, madame, pour sa conduite, votre fille n'est pas un bon exemple, vous avez pensé à son avenir, elle n'aura jamais son bac, il fallait l'orienter, à la troisième, vers un BEP technique, et encore, elle n'est même pas manuelle. » Cher monsieur Portz, je sais faire beaucoup de choses avec mes mains. Cher monsieur Portz, la plus belle fille du lycée veut dormir avec moi. Diane appelle. Une semaine qu'elle ne vient plus en cours. Je veux te voir, Marie. Je veux rentrer à Uster. Ma mère est au Liban. Je veux ma maison. Sorg est encore à Zürich. Il me fait peur. Je n'ai plus le droit de sortir. Viens me chercher à l'hôtel, Marie, viens. J'étouffe. Sorg ne veut pas rentrer à Genève. C'est bientôt les examens. Il ne veut pas les passer. Il dit que son père lui a donné assez d'argent pour vivre pendant cent ans dans une résidence de luxe avec dix enfants. Tu me manques Marie, tes grands yeux, ton rire, ton mauvais caractère. Et le lycée et les filles ? Karin a réussi à avoir une place de baby-sitter chez la Princesse du Liecht. Elle est folle de joie. Elle est excitée. Elle m'a demandé conseil, jupe ou pantalon, cheveux longs ou attachés ? Deux jours au Dolder. Le baby-sitter a la grippe. Il l'a recommandée. Deux jours avec Linda Evans. Deux jours pour se rouler dans ses draps et voler son rouge à lèvres. Deux jours pour fouiller ses poubelles et offrir des roses. Astrid l'a traitée de petite gouine. Karin était folle de rage et j'ai bien ri. C'est donc si grave ? Petite gouine. C'est donc si terrible ? Karin a répondu qu'elle aimait les femmes élégantes, c'est tout, que ça la fascinait, qu'il n'y avait aucune *petite gouine* là-dessous, juste bien faire son travail, garder les enfants, gagner son argent de poche, un pull en laine d'Écosse, trois entrées au Palacio. Je viens Diane. J'arrive. Je pourrais tuer Sorg s'il te faisait du mal.

Un jour, Diane m'a dit qu'elle aimait faire l'amour avec la tête dans le vide, que le sang renversé doublait le plaisir, que le sexe ou les mains n'avaient plus d'importance alors.

C'est le cerveau qui jouissait.

73

Carol a marché, hier matin, quatre pas, hors du lit, soutenue par deux infirmières, le tour du monde puis une immense fatigue. Carol ne veut plus qu'on vienne, dit ma sœur. Elle ne se sent plus malade. C'est nous les malades. Elle dit que ce n'est pas normal de traîner ainsi, à la clinique, que nous devrions être à la mer, par ce beau temps. Je me suis promenée dans Rennes. J'avais les jambes de Carol. J'avais sa voix en tête, « Ma puce, pense à toi, c'est l'été. » Je suis passée à l'école du Thabor où tu as fait six mois, Marie. Tu te souviens de Mme Grey ? Tu aimais bien les tourterelles, les lapins en cage et l'histoire de Lewis Carroll. Tu me manques. Je suis désolée pour cette histoire avec Diane. Tu crois que c'est ma faute, que j'ai tout gâché. J'ai voulu te protéger, comme à l'époque du Thabor. Tu es fragile et tu ne t'en rends pas compte. Cette fille t'écrasait. Maman me pose des questions sur Éric, je suis gênée. C'est sa façon de décompresser, dit-elle, de retrouver la réalité. Avec Carol, on vit sous la terre. Elle veut des détails, tu vois ce que je veux dire ? C'est gênant, avec sa mère. Maman dit qu'il faut parfois quitter son rôle, de fille, de mère, que je suis assez grande maintenant pour la considérer comme une femme, d'égale à égale. Je ne peux pas. C'est comme toi, tu seras toujours ma petite chérie.

Maman dit qu'elle s'entraîne à ça, à séparer, à délier les sangs, sinon c'est impossible de choisir le cercueil de sa sœur.

74

Je prends Diane en taxi, elle a des cernes, elle semble épuisée ; « Je n'arrivais pas à dormir avec Sorg, c'était la mort, Marie, le vent sur le lac, l'eau sous la glace et les montagnes noires comme l'enfer qui avance. » Le taxi roule vite. C'est une Mercedes noire avec des sièges en cuir. C'est la sécurité. Diane se regarde dans son miroir de poche. Elle se recoiffe. Elle se parfume. Elle déboutonne son manteau. Diane est la femme de ma vie. Nous quittons Zürich. Nous quittons Sorg. Il est allé faire une course Bahnhofstrasse ; quand il reviendra la chambre sera vide. Diane a pris son sac, ses robes, ses affaires de toilette, elle a oublié sa brosse à dents, ce n'est pas grave. Rien n'est grave, je suis là, le taxi a allumé le poste de radio, *you're the only one who really knew me*, il fait bon, Diane prend ma main, elle ferme les yeux, je regarde le lac gris, les maisons fermées, les églises, les pierres épaisses, la ville de Zürich qui retient ses secrets, les banques, les bijouteries, « Tout cet argent, dit Diane, tout ce fric qui dégouline, ça peut rendre fou » ; je regarde deux vieillards sur un banc, je pense à Pierre et à Edmond, je pense aux *Célibataires* que je ne lis plus, je pense à Diane ; nous ne vieillirons pas ensemble. La ville, les petites rues, les santons, le cinéma, tout disparaît, tout reste derrière notre voiture qui file ; nous pourrions aller en Suisse italienne, où il fait plus doux, où les gens rient fort, où on boit du chianti. Je pense à notre appartement, à ma mère qui s'inquiète, à la terrasse brûlée par le gel, aux jardinières qui n'ont aucune fleur pour l'instant, je pense à ma chambre, aux photographies de Diane que j'ai oublié de cacher ; rien n'est grave, je pourrais tout dire, tout avouer, puisqu'il s'agit d'un crime, avouer, les mains ligotées, la lumière dans les yeux, le sérum de vérité dans mes veines. Oui je suis amoureuse de Diane. Oui je veux bien faire de la prison. Oui j'ai la tête froide. Oui c'est votre monde qui est malade. Oui j'ai raison. Non je ne regrette rien. Oui votre violence à mon égard est inacceptable. Oui je n'ai pas ma place parmi vous. Oui je déteste vos mots, vos insinuations. Oui je hais vos yeux qui nous regardent. Oui vous aimeriez être à ma place. Oui il faut un grand courage pour vivre ma vie. Oui je suis plus heureuse avec elle. Oui je pourrais traverser la Terre. Oui je vous souhaite, un jour, d'aimer ainsi.

75

J'ai perdu Marge avant Zürich, à la fin de l'été dernier. Je n'ai pas fait attention, il y avait des signes d'ennui, de lassitude, les fêtes étaient moins nombreuses, Marge ne venait plus dormir à la maison. Je désertais la plage. Tu as mauvaise mine, disait-elle. C'est Zürich, je ne veux pas quitter Paris, je ne parle pas allemand. Le frère de Marge, Alan, venait aux villas, pour me donner des cours, *ich bin, du bist*, je ne comprenais rien, les déclinaisons, les verbes, les temps, je préférais l'anglais, *love, cool, beautiful*. Je regardais Alan, sa peau brune, ses yeux clairs, son ventre plat, son corps trop parfait. Alan avait tout pris de sa mère, le Sud, la Corse, le teint mat. Je ne suis jamais tombée amoureuse de lui. Il était trop beau. Les canons c'est l'horreur, disait Marge, tu ne vis plus, toutes les filles bavent devant eux. Alan était conscient de sa beauté sans en profiter. Il aimait le cinéma. Il regardait des films la nuit, Renoir, Clouzot, Bresson. C'est un intello mon frère, disait Marge, c'est le contraire de moi. Alan se moquait de nous. Il m'appelait « la gamine aux yeux de biche ». Je l'aimais bien. Marge surveillait. Tu touches à mon frère, je te bousille. Marge, petite Marge, folle d'Alan. Elle se glissait dans son lit après les fêtes, elle pleurait dans ses bras. Alan disait que les mecs étaient tous des salauds et qu'il fallait faire attention avec le sida ; notre génération était perdue à cause de cela, lui avait connu l'amour avant le virus, c'était la fête. Il ne sortait plus. Il devenait paranoïaque. Il enfilait deux capotes sur son sexe et demandait à la fille le jour de ses règles. Alan avait des mots cliniques pour parler d'amour, pénis, clitoris, érection, rapports. Il me dégoûtait ; Alan gynécologue, Alan inspecteur des chairs rouges. Il venait du Sillon en mobylette. Il portait toujours un pantalon blanc retroussé, pieds nus dans ses mocassins en cuir souple, comme Alain Delon. Il en profitait pour se baigner au Pont. Je l'accompagnais. Il pliait ses vêtements sur sa serviette de bain. Il ne mouillait jamais ses cheveux. C'est horrible de nager sans plonger. Je ne comprends pas ce genre d'attitude. C'est contraire au plaisir. Il prenait le soleil une demi-heure et repartait. Alan était très propre, sans odeur, sans faux pli à ses pantalons, les ongles limés, la peau rasée de près. Alan n'avait aucun défaut. Ça m'énervait, moi j'aimais le sable collé à la peau, la petite cicatrice, les ongles rongés, le trou dans la chemise. Marge ne lui ressemblait pas. C'était facile de fantasmer. Ce n'était plus son frère. Il n'y avait rien de mal à ça. Ce n'était plus le même sang. Alan détestait que Marge le touche, « Tu es pénible, tu me décoiffes, petite sangsue. » Alan n'aimait que lui. Je disais, « Il est autosexuel, ton frère. » Marge m'insultait alors.

76

Diane prend son bain, elle ne me cache pas son corps, pas de mousse sur ses seins, pas de main entre ses jambes, Diane a fait un chignon et elle est très belle. J'ai allumé cinq petites bougies que je pose sur la baignoire. Diane verse de l'huile solaire dans l'eau, pour l'odeur de l'été et la peau douce. Il neige encore. La nuit tombe au-dehors. Il y a du soleil dans ma tête. J'ai mis son disque préféré, *Feelings*, Johnny Mathis. Diane chante. Diane me rend silencieuse. À quoi penses-tu, Marie ? Je n'aime pas ce regard triste. Viens. Je reste assise sur le rebord de la baignoire. Je ne peux pas venir. Elle le sait. Elle me connaît bien. Je n'ose pas. Je ne m'aime pas assez pour me montrer nue, entrer dans le bain, sentir Diane contre moi, lui obéir. Je préfère rester. Je préfère attendre. Je regretterai, peut-être. Je regretterai sûrement. Je préfère la regarder, ne pas bouger, ne rien dire. Il y a une fenêtre dans la salle de bains. Les flocons glissent en pluie blanche et serrée. Diane dit que j'ai un problème avec mon corps. Je ne devrais pas. Je suis belle, avec des épaules larges, des vraies fesses, des vraies cuisses, je suis très féminine. Diane me voit à sa façon. Moi je ne me trouve pas jolie. Je pourrais venir. Je pourrais m'allonger sur Diane. Je pourrais rester sur le dos et la laisser faire. Diane sourit. Diane s'amuse. Je sais à quoi elle pense. Diane entre sous ma peau. J'ai des frissons dans le ventre. Son visage dans la lumière des bougies, *tear-drops, rowling down my face, trying to forget my feelings of love*, sa chambre, un peu de champagne, tout serait si facile si je me laissais aller, si j'arrêtais de penser, « Abandonne-toi, Marie », disait Antoine. Arrive ce que j'attends depuis des mois. Et je reste. Et je regarde Diane, son visage, ses cheveux, ses yeux noirs, son cou, sa peau, qu'elle me donne, que je peux toucher, dans la lumière, en vrai. *Je sais bien crier*; et si elle mentait encore ? Et si elle se moquait de moi ? *Viens*. Son mot, doucement, comme Catherine Deneuve dans ses scènes d'amour, *Viens*, avec la voix d'un corps blessé, qui ne veut plus attendre, qui veut être pris et soigné. *Viens*, c'est facile à dire pour Diane, elle connaît ma réponse, aucun risque à cela, je ne lui fais pas peur. Je ne sais pas venir. Je sais attendre, je sais partir mais je ne sais pas venir. C'est le corps immobile. C'est la tête qui retient. C'est la chanson de Françoise Hardy, *je veux et je ne peux pas*.

77

Je marche sur les falaises de la Varde avec Liz. Carol va mieux. Ce n'est qu'un instant. C'est une rémission, dit ma sœur. Carol va partir. On le sait. Je ne veux pas y croire. J'ai la petite main de Liz dans la mienne, sa voix chante, nous allons au bord de la falaise. Plus loin, dit Liz, encore plus loin, à la limite de la terre, au-dessus de la mer, calme et grise, immense et vertigineuse ; dix francs dans la lunette en acier pour voir le Davier, les remparts au loin, pour imaginer Rennes, ma grand-mère dans sa cuisine, le petit chien, la maison, le jardin sec de soleil, la clinique, la chambre triste où Carol finit ses jours. Nous cherchons les plombs laissés par les chasseurs de lapins. Liz est douée. Elle en ramasse, par dizaines. On jouera aux billes. On jouera à l'enfance. Liz va perdre l'innocence. *Porque te vas ?* Je lui montre l'abbaye, la maison du curé, les hortensias que je volai un jour pour le déguisement d'Audrey. Elle remporta le premier prix, grâce à moi. Nikie m'attendait en voiture. Elles étaient très belles. Ma grand-mère fut choquée ; les fleurs de M. le curé. Audrey avait le plus beau déguisement. On m'a pardonnée alors. J'étais déguisée en domino. On avait découpé une caisse en carton pour la tête, les bras et les jambes, du papier crépon noir et blanc, des collants. J'ai remporté le deuxième prix, figée dans mon sarcophage. Liz ne veut pas aller au club. Liz préfère la maison, le jardin, la liberté. Liz préfère rester avec nous, ses petits chéris, ses cousins préférés. Avant, je n'avais aucun sens de la famille. C'est la mort qui rassemble. Elle circule entre les corps et choisit — plouf, plouf, une vache qui pisse dans un tonneau c'est rigolo mais c'est salaud. C'est tombé sur Carol. C'est le couteau de Rahan qu'on faisait tourner. C'est la courte paille qu'il fallait tirer. Ça restera un jeu pour Liz, un tour de magie.

Je dors avec le visage de Diane en tête, je dors avec sa langue dans ma bouche, je dors avec son ventre chaud, je dors sur sa peau, je dors avec son odeur, avec sa salive, avec ses lèvres qui creusent, je dors sans Diane et avec Diane, je dors avec un autre corps que le mien, je dors à Uster, je dors en Thaïlande, je dors sur la plage de l'île aux Dragons, je dors dans un bain d'Opium, je dors dans les mains de Diane qui défont les muscles et les blessures, je dors à l'intérieur d'une fille, je dors en paix, je dors sans l'idée de la mort, Diane, l'éternité ; ce n'est plus Zürich, ce n'est plus Fluntern, ce n'est plus la forêt, je dors dans le pays de Lewis Carroll, je ne dors plus dans l'enfance, je ne dors plus près des miens, je dors dans l'autre monde, de l'autre côté, qui n'est ni le silence ni la honte. Je n'ai pas peur. Diane ouvre la fenêtre. Je sais voler. Je dors avec les mots de Johnny Mathis, je dors avec mon grand secret, je dors dans la vie magnifique. Je dors et ce n'est plus un rêve. Je dors et une voix répète, *Viens*.

79

Avant, on se rendait la nuit dans les bunkers de la Varde. On entrait sous la terre, nos voix résonnaient. Marge disait que des garçons venaient là pour s'embrasser. Ça sentait l'urine. On faisait des groupes, avec Audrey et Julien, avec Antoine et Brice, l'ami d'Audrey. Nous le connaissions depuis le club, il était fou d'Audrey, il voulait l'épouser. Audrey disait, « On fait l'amour habillés et c'est génial, je sens tout, ses hanches qui s'ouvrent, son sexe qui gonfle, j'ai du plaisir et ça ne risque rien. » Nous les perdions souvent. Je restais avec Marge et Julien. Antoine se cachait. Julien voulait me semer. Marge me tenait la main. Je voulais être seule. Je n'avais pas peur, ni de la nuit, ni du vent qui sifflait dans les canons, ni des voix qui criaient. Nous étions ensemble, comme dans l'enfance et c'était encore mieux. Un jour Brice vola le revolver de son père. Audrey était furieuse, « Il aurait pu nous tuer, cet idiot. » Le revolver était chargé. On ne devait pas s'inquiéter. Brice savait s'en servir. Il gardait la main sur la sécurité. Marge criait, « Tire, Brice ! Tire ! » On devait faire semblant de s'enfuir. C'est la guerre, je vais tirer en l'air ! Brice ne tirait pas. Bien plus tard, il avouerait à Audrey être retourné seul dans les bunkers de la Varde, il voulait savoir, le bruit, la balle qui éclate, l'odeur du feu. Brice s'est fait peur.

Il a cru vouloir mourir, quand il a mis le revolver sur son ventre, qu'il a attendu, longtemps, qu'il n'a pas osé.

Audrey l'a quitté depuis.

80

Je retrouve Diane au bord du lac, nous marchons, ensemble, et je la perds. Sorg a quitté Zürich. Il ne veut plus la revoir. Il lui a écrit une lettre. Diane ne dit pas tout, juste la dernière phrase de Sorg, « J'ai compris, Diane, et tu me dégoûtes. » De quoi veut parler Sorg ? du mépris de Diane pour les autres ? de sa volonté de séduire, à tout prix, filles, garçons, Astrid, ma sœur, Alex ? La Corse, l'Autriche, Uster ? Moi ? C'est cela qui le dégoûte ? Nous ? Il n'y a pourtant rien à dire. Je suis comme Sorg. Je suis triste et perdue. Je dois partir en vacances de ski et je ne sais pas comment je vais faire pour vivre sans Diane pendant dix jours. Je n'ai pas confiance. Elle ira à Genève. Elle ira sur la péniche, les garçons étaient très beaux. Diane veut rencontrer quelqu'un. Diane ne part pas en février. Elle reste à Zürich. Elle va passer son permis, en conduite accompagnée. Elle est excitée par cela. Sa mère lui prêtera sa voiture. C'est bien. Nous quitterons Zürich. Nous irons après les montagnes, en France, en Italie. Je rêve bien sûr. Diane me dit que ce sera plus facile pour aller à Genève et voir Sorg, le beau Sorg. Il lui manque. Elle ne comprend pas sa lettre. Il est idiot. Il est jaloux. Elle ne veut pas lui faire de mal. Elle va l'appeler. Ça s'arrangera. Et moi, est-ce que ma tête va s'arranger, est-ce qu'il va s'arrêter de neiger, est-ce que je passerai en première, est-ce que ma mère m'en veut pour l'avertissement, est-ce que Diane est déçue par moi, est-ce que je suis jolie ou très moche, est-ce que ça se voit sur le visage quand le corps se fait du mauvais sang, est-ce que Diane a déjà fait un test de sérologie, est-ce qu'elle dit « capote » ou « préservatif », est-ce qu'elle avale le sperme quand elle lèche, est-ce que les chairs rouges sont perméables, est-ce que les filles se contaminent entre elles, est-ce que mon père va revenir à Pâques, est-ce qu'il m'aimera toujours quand il apprendra pour Diane ?

81

Je suis dans le jardin de notre petite maison, la maison des cousins dont nous avons les clés et la jouissance. Nous sommes adultes, dit Nikie. Je ne sais pas ce que cela veut dire. J'aimerais, encore, pleurer sur les seins de ma mère, j'aimerais me disputer avec ma sœur, j'aimerais me jeter dans les bras de mon père quand il rentre de voyage. Je suis dans le jardin du Pont où nous fêtions mes seize ans.

Je traverse les corps fantômes. Ils sont partis, et je reste, comme d'habitude, je compte les cadavres, tout se meurt : la vie ne sera plus la même. Mon enfance s'en va, lentement. Je regarde la photographie de Carol, avec ce petit mot au dos, « La Plage, 1976, on fait même du surf à Saint-Malo » ; le maillot de bain bleu, le ventre, les longs cheveux blonds, les épaules, le bel été. Carol, reviens. Je te vois. Tu arrives en Méhari, j'entends la musique, *je t'en prie ne sois pas farouche quand me vient l'eau à bouche*. La mer monte, la mer monte, allons nous baigner, le sable est chaud, les vagues sont bonnes, allons les enfants, c'est l'été et c'est merveilleux ; nous ferons des crêpes, nous boirons du cidre, Marie prends le chien dans tes bras, ce sera mignon sur le Pola, tu es si bronzée, si mignonne avec tes pattes maigres.

Où mettre mon corps ? Dans quelles mains ? Je ne veux plus embrasser Julien. Antoine aime les garçons. Marge a disparu.

82

Nous partons pour Leysin, ma sœur, Céline, Astrid, Karin et moi. On descend à la gare en tram. Je suis silencieuse. Ma sœur ne comprend pas. Tu n'es jamais contente, Marie, c'est la fête, la neige, le Club des Glaces, on va s'amuser. Je n'aime pas les clubs, surtout celui-là, spécial célibataires. Je pense à Montherlant. Je pense à l'odeur des corps. Quand nous avons pris les billets à l'agence, Kathleen, qui réserve les places d'avion pour mon père, n'était pas là. Le garçon qui la remplaçait nous a dit que ce club était parfait pour des jeunes filles. C'est une idée de Céline. Ma sœur accompagne. Ma sœur est majeure. Vous trouverez chaussures à vos pieds. J'ai dit que j'avais déjà des Tecnica grises. Il m'a souri. Je ne plaisantais pas. Kathleen est en congé, elle a perdu son amant en Australie, dévoré par un requin. Je préférais Kathleen. Les requins blancs traversent parfois les filets de protection. Je n'ai pas peur des requins. J'ai la collection Cousteau à la maison. Je suis fascinée par ça. Je préfère la mer à la neige. Au club, je ne ferai pas les danses obligatoires — j'ai vu le film de Patrice Leconte. Les filles sont contentes, il y a une boîte sur place. J'ai laissé le numéro à Diane. Elle n'appellera pas. Pense à toi, Marie, profite. Je sais ce que cela veut dire. Diane ira à Genève. Je l'étouffe. C'est une erreur de découvrir son amour à une femme. Nous chantons dans le train, George Michael, *Careless Whispers*. J'essaie d'oublier. Céline me regarde. Je n'ai rien à dire, rien à raconter. J'ai pris un échantillon d'Opium trouvé dans le magazine *Elle* de ma mère. Diane dans ma main, Diane sur mon écharpe, Diane mon silence. Diane dans mes yeux quand je regarde les champs de neige, *And now who's gonna dance with me ?* Parfois, après les cours, je prenais le train, juste pour être avec elle. Je rentrais à Zürich seule. Je lui faisais la surprise. Je l'accompagnais à la gare et je montais, au dernier moment. Diane aimait ça, « Tu es folle Marie, je t'adore. » Les parents d'Astrid sont inquiets. C'est la première fois qu'elle part en vacances sans eux. Astrid porte un blouson rose pâle et une combinaison beige. C'est beau avec ses cheveux noirs. Astrid ressemble à sa mère. Elle fait plus turque que suisse. Astrid est heureuse. Karin est en blanc. Elle a un grand sac, trois tenues par jour, Moonboots et escarpins. Karin a été déçue par la Princesse du Liecht. L'appartement était en désordre, les enfants odieux, la Princesse moins belle de près, trop maigre, style anorexique, avec que du yaourt zéro pour cent dans son réfrigérateur. Karin adore les moniteurs de ski, avec leurs blousons rouges et la bande blanche dans le dos, comme les pompiers.

Ma mère ne nous accompagne pas à la gare. Ma mère déteste les départs. Mon père viendra pendant notre absence. Ils passeront quelques jours à Lugano, ensemble, comme avant. Ils aiment bien se retrouver tous les deux. Les enfants modifient l'amour. Je ne les imagine pas au lit. Ils font attention à leurs gestes, surtout ma mère ; je l'ai souvent vue retirer la main de mon père sur sa cuisse, s'éloigner quand il voulait l'embrasser, arrêter une dispute ; ma mère rougit quand mon père raconte l'histoire, les regards, les sourires. Elle était timide, votre mère, mais elle dansait bien. Mon père adore danser, il a appris avec des amis américains, be-bop, madison, jerk. Mon père veut apprendre le tango. Je ressemble à ma mère, je rougis quand Diane me fait du pied sous la table, à la cantine, en classe, quand elle se déshabille dans les vestiaires et qu'elle reste longtemps en sous-vêtements, je ne peux pas voir ça, c'est trop dur à soutenir. Les parents d'Astrid sont restés sur le quai. Sa mère pleurait. Astrid est bien, là. Elle se sent libre. Céline me surveille. Elle a quitté Olivier. C'est beau, l'amour. C'est rapide. À nos âges ça ne compte pas, dit-elle. Je n'ai jamais été aussi amoureuse. Je comprends ma sœur avec Éric, *tu me manques, je ne peux pas vivre sans toi.* Avant je ne savais pas, c'était facile, les lèvres, la langue, un coup de téléphone et hop ! débarrassée. Je n'étais pas triste qu'on me quitte. Je n'étais pas triste de quitter. Tu as un cœur de pierre, disait ma sœur. Je ne savais pas. Je ne quittais rien, qu'un corps et un visage. Ce serait terrible de ne plus voir Diane. Ce serait une grave maladie. Diane, mon sang à la tête. Je la place, dans nos conversations, Zürich-Leysin, Zürich-Uster. Tous les trains vont vers elle. Tous les trains me rappelleront nos voyages. Diane, mon avenir. Je ne sais pas si j'aimerai une autre fille après Diane. Je ne sais pas si je l'aime parce que c'est une fille. Les requins blancs ont deux rangées de dents, une pour saisir, l'autre pour découper la peau. J'ai nagé près d'un requin un jour, avec mon père, on avait un masque et des palmes, on a dû sortir de l'eau à cause de la mère. Les mères sont possessives avec leurs enfants. C'est la chair de la chair. Ma mère serait jalouse de Diane. Elle serait folle je crois. Sa fille qui aime une autre fille. Elle ne serait pas choquée. Elle se sentirait volée, le fruit de son ventre. Je ne pense jamais à ma mère quand je suis avec Diane. Ce serait assez dégoûtant de penser ainsi. Je n'ai jamais eu de désir pour ma mère, ou alors très loin, dans l'enfance, par esprit de vengeance.

C'est beau d'aimer une fille et c'est douloureux, à cause du secret. Ce serait plus facile avec mon père. Il comprendrait. Mon père adore les femmes. Il les regarde dans la rue. Il me demande mon avis sur telle actrice, telle chanteuse, telle speakerine à la télévision. Mon père est fou de Nathalie Baye. Il la trouve très belle. C'est son idéal féminin. Elle est petite et fine comme ma mère. Il aimerait Diane. Diane aimerait mon père. Elle le séduirait, peut-être. Diane n'a peur de rien. Ce serait une mauvaise idée de les présenter. Je suis contente que mon père voyage en fait. C'est plus simple pour moi. Il devinerait. Il me connaît bien. Ma mère dit que c'est l'âge qui me rend étrange, l'adolescence. Ma mère ne sait rien. Je lui mens. Je me sens plus vieille qu'elle, plus forte. Parfois je la prends dans mes bras et je la soulève du sol. Ma mère est comme une deuxième sœur à Zürich. Elle devient fragile ici. Je ne sais pas pourquoi. Avant, je la croyais invincible. Avant c'était l'enfance. Mon père dit, « Elle est très sensible ta mère, très intelligente et très sensible, il faut faire attention à elle. » Mon père aimerait que je prenne sa place. Je ne suis plus là. Je dors à Uster. Je dors avec Diane. On dit que j'ai les mêmes mains que mon père, et ses gestes, et son esprit d'analyse. Je ne pense plus, je me laisse couler et Diane ne viendra pas me chercher au fond de l'eau. Je me sens seule, comme mon père dans sa chambre d'hôtel, à l'étranger. Moi aussi j'aime Nathalie Baye.

Céline fume dans le couloir du train, je la rejoins. Céline est mon seul lien avec Diane. Je pourrais la serrer dans mes bras, je pourrais frotter sa peau d'Opium, je pourrais fermer les yeux et l'embrasser. Ça va, Marie ? Non, Diane me manque. Tu devrais arrêter, ta sœur se doute de quelque chose. Je m'en fiche. Ce n'est pas grave. Je n'ai pas honte. Ma sœur a le numéro de téléphone de Sorg. Diane le lui a donné sur la péniche. Se sont-ils appelés ? Sorg aurait raconté ? Nous sommes loin de Zürich. Diane doit encore dormir. Elle se réveillera vers midi. Diane dans sa grande chambre, en peignoir de soie, Diane et sa musique, *I'm not in love, so don't forget it*, Diane et ses mains brunes, dans ses cheveux, sur son corps quand elle met sa crème. C'est bien d'être près d'une fille. Ça sent bon, le lait démaquillant et le parfum. C'est beau le corps d'une fille, la peau lisse, les petits pieds, le cou avec les cheveux en chignon. Ça rend fou une fille. On ne sait jamais. C'est surprenant une fille. Céline a son blouson en cuir sous son anorak de ski. Céline a pris une cassette de Dire Straits. Céline apprend à jouer de la batterie. C'est difficile de dissocier les gestes, dit-elle, les mains et les pieds. C'est une gymnastique, lente et rapide à la fois. Moi je sais, avec les mains sur Diane. Moi je sais, avec ma tête à Uster. Moi je sais, avec mes jambes qui veulent s'enfuir. Moi je sais me dédoubler, Céline, la bouche de Diane, ma sœur, le bain, Astrid qui rit, Diane qui dit *Viens*. Je suis ici et ailleurs, j'aime et je déteste, je souris et j'ai envie de pleurer, j'écoute les chansons de Dire Straits et j'entends Johnny Mathis, je suis immobile et mon ventre s'ouvre, je suis silencieuse et je crie dans ma bouche, j'ai mes mains le long du corps et je pourrais jouir debout. Diane m'a appris cette magie-là, être sans être. Diane dans mon cerveau. Diane, ma crise de nerfs.

Le voyage est long. Je pense à ma mère, Hochstrasse. Je pense au printemps et au parfum des fleurs. Je pense à Zürich, au lac et à la forêt de Gockhausen. Je perds le visage de Diane. C'est la fatigue, les tunnels que nous traversons, les montagnes hautes. Je n'entends plus son rire. Je perds la mémoire. La gare d'Uster, en ciment ou en brique rouge ? Et le jardin de sa maison ? Et sa tenue préférée, son pantalon de flanelle ou sa robe ouverte dans le dos ? et sa chanson, Billy Joel ou Neil Diamond ? et ses mots, je t'aime ou *te quiero* ? Je regarde ma sœur, son visage, ses grands yeux verts, ses longs cheveux, ses mains fines sur son ventre. Ma sœur a promis de nous surveiller. Pourquoi a-t-elle toujours eu ce rôle avec moi ? Il faut faire attention à Marie. Ce n'est pas moi, le danger. Ce sont les autres, les garçons de Saint-Malo, Diane Hermann de Zürich. C'est la vie extérieure qui brûle, moi je suis froide, il neige dans ma tête, je sais mes gestes, mes mots, je suis forte, je sais la vie, le silence, la tristesse et la déception, je sais l'amour, terrible. Diane riait hier au téléphone. Elle n'a pas répondu à ma dernière phrase, « Tu vas me manquer. » Ce sont les autres qui sont fous. Ce sont les autres qui ne savent pas aimer. Céline marchera dans la neige avec ses santiags. Karin veut un moniteur. Astrid se libère de ses parents. Ma sœur doit me surveiller, comme avant, quand j'ai failli tomber du sixième étage, quand je finissais les verres de vin sur la table, quand je m'ouvrais la tête contre l'escalier de ciment. Et sœur ? Qui veillera ? Ma sœur est très belle. Je déteste déjà les garçons du club qui l'inviteront à danser, qui colleront leur ventre, qui embrasseront le cou.

Le Club des Glaces est un grand chalet. Je dors avec Céline et ma sœur. Karin et Astrid ont une chambre avec des lits jumeaux. Il y a une salle de spectacle, avec une estrade et un rideau noir, plusieurs petits salons, une boîte en sous-sol. Je regarde les premiers skieurs. Ils ne sont plus très jeunes. J'entends : Allez les filles, à la douche ! Ce ne sont pas des filles mais des femmes blondes et bronzées bien moins jolies que ma mère. Le Club des Glaces est le top pour faire des rencontres, dit le réceptionniste, have fun les girls ! Ma sœur a le fou rire. Je veux rentrer. Céline allume une bidis. Astrid pense que c'est de la drogue. Les couloirs sont en moquette bleue. Les chambres ne ferment pas à clé. Karin est excitée. Les parents d'Astrid appellent, « Ça va ma chérie ? » J'allume la télévision, c'est le clip de Michael Jackson, *Billie Jean*, avec le sol qui s'allume. Je danse devant le miroir. Ma sœur prend un bain moussant. Elle chante la chanson de notre enfance, *elle court, elle court, la maladie d'amour*. Je dois appeler ma mère. Je ne veux pas. Je pensais avoir un message. Je pense à ma vengeance, ne pas écrire, ne pas téléphoner, embrasser n'importe qui. Il fait presque nuit, la montagne devient noire dans le ciel ; première angoisse du vide, je veux boire du champagne et oublier. Je déplie mes affaires, les pulls, la combinaison de ski, les jupes pour le soir. Je fais semblant de m'amuser. Céline me regarde. Elle sait. Elle se moque de moi. Céline déteste Diane. Elle ne comprend pas. C'est sa beauté qui fait ça, Marie, tu n'es pas objective. Ma sœur veut nous maquiller, toutes les quatre. Je passe en dernier. Tu te gâches, Marie, tu as un beau visage que tu ne sais pas mettre en valeur. Mon visage brille sous les mains de Diane. Mon corps est magnifique près du corps de Diane. Je ne suis rien seule ; juste une fille qu'on regarde sans voir, qu'on touche sans sentir. Diane donne la vie. Diane la retire aussi.

Nous descendons par l'ascenseur. Le chalet est immense avec des couloirs, des recoins, des cachettes. Nous nous perdons. Les animateurs sont en blanc avec un badge sur la chemise, Eliott, Kevin, Sandy. Nous allons prendre un verre avant dîner. Aucun enfant, des femmes et des hommes qui se regardent. Ça mate, dit Céline. Ça attend surtout, comme des chiennes et des chiens. On ne peut pas vivre sans amour, dit ma sœur. Je crois plutôt qu'on ne peut pas vivre qu'avec son corps. C'est impossible ; s'endormir seul, se parler à soi-même, se donner du plaisir avec sa main. C'est l'autre qui fait monter le rire, les mots, le désir. C'est un mélange chimique. Céline est sortie avec Olivier, Karin regarde Kevin, Astrid choisit Eliott, ma sœur pense à Éric. Chacun son maître, chacun son sujet. Moi aussi je suis faible. Moi aussi je m'étouffe. Moi aussi je veux être dévorée. Diane est à Uster ou à Genève ? Diane est dans sa chambre ou dans l'appartement de Sorg ? Diane n'a pas peur de la solitude. Diane obtient toujours ce qu'elle veut. Nous sommes nombreux à l'aimer. Nous serons nombreux à la détester. Je me souviens de cette phrase de Jean-Pierre Bacri dans *Coup de foudre*, « Léna, je l'avais à peine rencontrée que je l'avais déjà perdue. » Diane est en moi quand je pense à elle. Diane s'efface à mes côtés. Diane surgit dans mes rêves. Diane s'évanouit quand je la regarde. Diane est ici. Elle me prend par la taille. Je ne suis pas Astrid, je ne suis pas Karin, je ne suis pas cette femme rousse qui fume au bar. J'ai tant vécu soudain. Je n'attends plus rien. Mon secret me nourrit. Mon secret me repeuple. Je ne suis pas seule. Et je ris quand ce jeune homme vient à notre table, « Bonjour je m'appelle Steph, je suis coiffeur à Troyes et j'aimerais vous offrir une coupe de champagne » ; je ris quand il dit, « Je vous trouve charmante » ; je ris quand les filles murmurent, « Vas-y Marie, il est canon. »

La salle à manger est ronde, il y a de la musique, *Bilitis* je crois, une femme s'assoit à notre table, elle est seule, les filles rigolent, elles m'énervent. Qui s'est trompé de club ? Nous ou cette femme en robe bleue ? Elle me fait de la peine. Elle mange sans nous regarder. Je n'ai pas faim. Nous buvons du vin. Astrid est toute rouge. Les gens du club passent à chaque table, tout va bien ? Tout va mal bien sûr, j'ai peur de la nuit, je n'aime pas cet endroit, le coiffeur a demandé mon numéro de chambre, il a une grosse tête et du gel dans les cheveux, ma sœur trouve les mecs mignons, la femme nous déteste, « Vous avez quel âge ? » Céline dit que *Bilitis* a été tourné avec un filtre pour un effet de pureté sur les corps des jeunes filles, moi j'ai la peau noire et le vice dans les yeux ; certains garçons ont gardé leur pantalon de ski, moulant avec des bretelles, mon regard, toujours sur leur sexe, je demande à ma sœur pourquoi les femmes aiment les hommes, « Tu es bizarre, Marie, on se complète, c'est la nature, c'est logique, ça s'encastre bien » ; moi j'ai la même taille que Diane et je pourrais fondre sous elle. C'est ma logique. C'est ma nature, nos deux ventres l'un contre l'autre. Céline est ivre. Elle pourrait parler. Vous faites quoi ensemble ? Les filles ne font rien, c'est connu. Le mot le plus abject : caresse. Le mot le plus triste : adolescence. Tu as peur de la violence, Marie. Diane n'est pas si douce. C'est elle qui prend les hommes et non l'inverse. Première image-monstre : Diane à califourchon sur un corps blanc. Et moi ? Je prends quoi ici ? La main du coiffeur ? La main de ma sœur qui a envie de me gifler ? Les hommes c'est l'ennui et la facilité, les femmes font semblant, elles n'ont aucun plaisir, c'est de l'hypocrisie. Tu es idiote Marie, tu m'énerves, tu n'as aucune expérience, c'est toi la frigide, tu devrais te faire soigner ; je vais bien, je suis amoureuse, je ne cherche rien, regarde ces filles folles de bite, regarde ces mecs qui bandent sous leur fuseau, regarde cette ronde, ces peaux qui veulent se retourner, ces membres brûlants ; c'est beau ? vous trouvez ça beau ? Moi je nage en pleine mer. Vous, vous restez dans les marécages. Je pense à ce livre sur les animaux, l'anaconda qui dévore le petit zèbre.

Nous descendons au sous-sol.

Toujours les petites tables avec les poufs pour s'asseoir, toujours la musique sur nos voix, toujours la bouteille et les coupes de champagne, les lumières sur nos visages maquillés, ma sœur qui danse, le corps libre, le sourire, des frissons dans ma tête, Céline qui me prend dans ses bras, « Je t'adore, Marie, tu es trop sensible. » Karin et Astrid n'aiment pas le champagne, elles préfèrent le gin-fizz, ça monte plus vite à la tête, toujours cette odeur de cave, de corps, toujours ce visage qui me manque, où es-tu Diane H. ? Et la montagne dehors, noire et massive, qui va s'écraser sur le chalet, et mon cœur sous mon pull, et ma peau avec les spots, et le coiffeur que je fuis. Je porte la petite chaîne en argent que Diane m'a offerte à Noël, j'entends les roues du tram, la porte du train d'Uster qui se referme. Je ne me sens pas jeune. J'ai mal aux yeux. Je ne sais pas skier. Je veux que Diane m'embrasse. J'ai perdu l'échantillon d'Opium. J'ai oublié la cassette de Johnny Mathis. J'ai une photographie dans mon portefeuille. C'était à Uster, en décembre. Elle dansait. Elle était heureuse de me voir. Elle ne savait rien de moi. Diane a tout fait pour que je tombe amoureuse. Tu es si jolie, Marie, si craquante. Diane n'a rien fait pour m'aimer. Je m'ennuie avec Sorg. Je veux rencontrer quelqu'un. Je ne suffirai jamais à Diane. Comme Sorg ne lui suffit pas. Il en faut toujours plus pour ce genre de fille, les voitures de course, les diamants, les voyages en première classe. Je danse avec Céline. Je l'aime bien. Elle est le contraire de Diane, fidèle et douce. Toutes les filles me prennent pour leur petite sœur. Toutes les filles veulent me protéger. Ça m'énerve. Je ne sais pas pourquoi. Enfant, mon père m'appelait « Fragile ». Ce sont tes yeux, dit Céline, tu es comme un animal qu'on surprend dans la nuit.

La neige est rose ce matin, avec le soleil. Je suis seule dans la chambre. Il est tard. Je me croyais à Uster.

Avant je passais mes vacances à Serre-Chevalier pour mes bronches. Ma mère me laissait dormir le matin. Elle allait faire des courses. Elle ne fermait pas la porte à clé. Elle avait peur du feu. Un jour, j'ai cru qu'un homme était rentré pendant mon sommeil. Qu'il m'avait touchée. Que j'étais enceinte. J'ai passé des vacances affreuses. Je regardais mon ventre, tous les matins. Il grossissait. J'avais sept ans. J'aimais me faire peur déjà. Les chambres ne ferment pas ici. Question de confiance, a dit le réceptionniste. Je dors habillée. Céline et ma sœur remontent de la salle à manger. Elles m'ont pris des brioches. Karin et Astrid sont sur les pistes. Ma sœur ne skie pas. Elle préfère la terrasse au soleil, le petit café, le verre de vin chaud, la cigarette, le col roulé blanc comme les filles dans les films de *James Bond*. La neige est belle. Céline porte mes skis. Nous prenons des pistes vertes. Je la suis, lentement. Je me sens bien. Le soleil, l'odeur de la montagne, la musique d'hier, *Last Night a DJ Saved My Life*, Céline qui m'attend. Je lui dis qu'elle devrait essayer Michel, l'ami d'Olivier. Il me semble plus doué. Nous rions. Diane s'efface et je ne suis pas triste. Ma mère a appelé. Carol, ma tante, va venir à Zürich. Elle prendra ma chambre. Elle est en vacances de neige avec ses filles. Ma mère dit qu'il faut voyager quand on est malade. Ça aide à oublier. Ça déstabilise le corps. Ça donne des forces. C'est vrai. Diane sort de ma tête. Nous rejoignons ma sœur sur la terrasse. Je regarde la montagne. Je regarde Céline, déjà bronzée. Nous commandons des frites et du thé bien chaud. Il fait beau. C'est les vacances. Céline a son Walkman. Elle me fait écouter sa chanson préférée de Dire Straits. Ma sœur est magnifique au soleil. Je me demande si j'ai l'air aussi heureuse quand je suis avec Diane. Est-ce que mon visage change ? Est-ce que mes mains tremblent ? Est-ce que j'arrive à rire ? J'ai souvent perdu ma voix avec Diane. J'avais cette chanson dans ma tête, *Octopussy*, elle disait tout ce que je ressentais pour Diane, le vertige et une grande chaleur dans le ventre.

Nous rentrons au club. Je ne veux plus skier. La nuit tombe vite. Nous visitons le chalet. Je cours dans les couloirs. On regarde ma sœur. On la siffle. Elle est fière. Nous allons dans la salle de spectacle. Les moniteurs répètent une chorégraphie. Ils sont ridicules. Eliott invite ma sœur à danser. Céline prend des photos. Je pense à Éric. Je pense aux corps interchangeables. Je pense aux sangs mêlés. Je pense à la phrase de Céline, *à nos âges, ça ne compte pas l'amour*. Je suis la seule à aimer ici. Ce n'est pas une question d'âge. C'est le cœur qui explose. C'est ma peau qui s'ouvre. C'est son visage dans ma tête. C'est sa voix qui chante. Personne ne sait l'amour ici. Tout le monde se trompe. Ce n'est pas juste embrasser, se regarder dans les yeux, se toucher. C'est une question de vie et de mort. Ma sœur danse sur l'estrade, comme avant, quand elle faisait partie d'un ballet. Elle répétait le mercredi après-midi avec un tutu et des ballerines Repetto. Elle est passée à la télévision, pour la représentation de *Casse-Noisette*. Elle était très belle en chignon ; pointes, demi-pointes. Elle essayait de m'apprendre, « Tu n'as aucun rythme, Marie. » Enfant, je disais, « Ce sont les putes qui dansent. » Je faisais pleurer ma sœur. Eliott la fait tourner, *New York, New York*. J'ai une drôle d'image. Je trouve que ma sœur ressemble à Diane. Elle a ses gestes. Elle aime les comédies musicales. Elle est souple. Elle porte des talons hauts et un parfum fort, Rive Gauche. Elle se fait les ongles. Je ne pourrai jamais toucher ma sœur. Je ne pourrai jamais la remplacer. Je déteste mon image. Je me dégoûte. Diane n'est pas ma sœur et ma sœur n'est pas Diane. C'est la fatigue qui fait ça, l'altitude, le soleil, la neige, c'est ce garçon qui prend ma sœur comme Sorg avec Diane. Je n'ai pas leur force. Je n'ai pas leurs mains. J'ai une grande patience. Il faut savoir attendre quand on aime une fille. Attendre ses lettres, attendre sa voix. *Viens* Je ne suis pas venue. Je regrette. J'ai eu peur. Il n'y a que les putes qui viennent vite.

La montagne est bleue avec des reflets argent. C'est la montagne que je voyais de mon appartement. C'est la montagne qui menaçait le lac de Zürich. C'est la montagne que je priais pour que Diane téléphone. Elle n'a pas appelé. Je ne suis pas triste de cela. J'ai pris le soleil, j'ai skié, j'ai ri. Diane est sur une autre terre. Je me défends d'y penser ou j'y pense de façon légère, Diane sur le terrain de handball, Diane au tableau, Diane dans les couloirs du lycée. Il y a deux Diane bien sûr. Celle qui joue devant les autres, celle qui se serre contre moi la nuit. Je ne sais pas laquelle choisir. Je suis forte avec l'une, soumise avec l'autre. Diane m'a souvent dit que je l'humiliais en public, que je lui parlais durement, et que, chez elle, elle me tenait dans sa main, comme une mouche. Diane aime jouer. Diane aime mentir. Je dois lui manquer. Elle ne dira rien à mon retour. Céline prend son bain. Ma sœur est restée avec Eliott. Karin et Astrid ne sont toujours pas rentrées. Je regarde la télévision, toujours *Billie Jean*, toujours mon rêve de danser un jour pour Diane, de savoir les gestes de la break, comme les petits danseurs de

Flashdance, tourner sur le dos, sauter, se tordre, devenir élastique, comme les chairs rouges. Diane ma chorégraphe. Diane ma groupie. Elle danse bien, mais encore trop fille, grand écart, petites pointes, pont, moi j'aime le smurf. Je sais que danser ne fait pas pute. C'était une idée d'enfant. C'est le corps qui gênait, sa nudité. Avant j'avais honte du plaisir. Céline a les cheveux mouillés, en arrière. Elle porte ce parfum d'homme, Kouros. Je pense à Olivier. Je trouve ça rigolo d'aimer une fille qui ressemble à un garçon. Ces filles sont moins cruelles. Il vaut mieux des chaussettes blanches que des bas résille, il vaut mieux du coton que de la dentelle, il vaut mieux un jean qu'une jupe en cuir. Les filles aux ongles longs sont des garces. Les filles qui se rongent les ongles sont des enfants qu'on a envie d'embrasser. Je pourrais dormir dans les bras de Céline, comme j'aurais pu dormir dans les bras d'un frère. Ce frère dont j'ai longtemps rêvé me manque. C'est cruel une sœur, parfois. La mienne m'a vite exclue de sa vie. Moi je l'ai vite humiliée pour me venger. Je le regrette. Je suis d'une grande douceur désormais. Ma mère dit, « C'est drôle Marie, tu ne cries plus comme avant, pourquoi ? » Ça me fatiguait la gorge et je détestais ma voix.

Astrid est tombée. Elle est à l'infirmerie. Ce n'est pas beau à voir, dit Karin. J'ai peur. Je ne veux pas descendre. Je suis lâche. Je me dégoûte. Je n'ai pas changé. Je ne voulais pas voir ma mère à l'hôpital sous la tente à oxygène. J'ai eu honte quand elle a fait un coma dans l'avion. Je posais l'oreiller sur ma tête quand elle toussait la nuit. Je me déteste. J'ai peur de voir souffrir les gens que j'aime. J'ai peur parce que je me sens coupable. J'aurais dû skier avec Astrid. J'aurais dû la protéger. J'aurais dû l'obliger à rentrer tôt. Son père va me tuer. J'avais promis. J'ai tant insisté pour qu'elle vienne. Il ne voulait pas. Astrid est si fragile. Astrid ne sait pas la nuit, la vitesse, Uster. Astrid est une petite fille. Elle nous attend à l'infirmerie. Le moniteur a dit que la chute a été spectaculaire. Karin n'a rien vu ; juste le sang dans la neige. A-t-elle perdu connaissance ? Oui, dit Karin. Elle est tombée sur le visage. Elle ne comprend pas. Astrid skie très bien. Le moniteur l'a relevée. Astrid a touché son visage et a hurlé. C'était horrible, ses cris, Marie, horrible. Elle est défigurée. Le moniteur l'a obligée à redescendre à ski. Il a dit qu'elle jouait la comédie. Astrid est remontée sur ses skis. Elle est très courageuse. Elle ne s'est rien cassé. Le visage a tout pris. Je cherche ma sœur. Je dois descendre à l'infirmerie. Astrid, petite Astrid, pardon. J'avais promis à Diane. Fais attention à elle, Marie, elle n'est pas comme toi. Ma sœur arrive. Nous descendons ensemble. Astrid est assise sur une chaise, la tête renversée. L'infirmière retire avec une pince à épiler les morceaux de verre de ses lunettes. Ma sœur dit qu'il faut l'emmener à l'hôpital. L'infirmière refuse. Ce n'est rien. C'est le visage qui fait ça. Je lui ai donné de l'aspirine. Je désinfecte les plaies. Astrid-John Merrick. Astrid-Elephant Man. Je reconnais ses mains, ses vêtements, ses cheveux. Il n'y a plus rien d'Astrid. Je ne vois plus ses yeux. Astrid a le visage ouvert. Astrid me fait peur et j'ai honte de moi. J'ai la nausée. C'est l'odeur du produit sur les plaies. Diane dit toujours, « Tu m'aimerais encore, Marie, si j'étais défigurée ? » Je prends sa main. Ma sœur caresse les cheveux, « Ne t'inquiète pas, on est là. » Céline va voir le moniteur. Il est odieux. Ce n'est rien, ça va dégonfler. Astrid remonte dans sa chambre. Je la suis comme je suivais ma mère dans le couloir de l'hôpital. Astrid s'allonge sur le lit. Je vais chercher nos oreillers. Elle a mal à la tête. Ça fait comme une ruche dans ses oreilles. Elle a touché. Elle ne veut pas voir. Il faut nettoyer les plaies toutes les deux heures. Je crois qu'elle a un œil crevé. Il y a du sang à l'intérieur. Nous faisons confiance à l'infirmière.

Astrid dort pendant une heure. Ma sœur appelle ses parents. Je quitte la chambre. Je ne peux pas entendre. Je marche dans la neige. J'ai chaud. J'ai la tête lourde. Astrid va mourir, j'en suis sûre. Céline vient me chercher. Nous remontons. Ses parents sont très inquiets. J'ai répété les mots de l'infirmière, dit ma sœur. J'ai dit, « C'est impressionnant mais ce n'est pas grave. » Ma sœur a peur, elle aussi. Elle devait surveiller. On a bronzé sur la terrasse. On a fait les James Bond girls. Astrid est tombée. C'est très sérieux. Il y a cette odeur dans la chambre. C'est le produit jaune qui calme la douleur. Astrid appelle. Elle ne veut plus dormir. Elle a peur de ne pas se réveiller. Elle veut descendre au restaurant avec nous. Astrid devient l'enfant. Je n'arrive pas à l'embrasser. Ses skis se sont croisés pendant la descente, elle a eu une absence, elle a vu le visage de son père puis plus rien. Astrid est tombée sur ses bâtons. C'est le fer qui a creusé la peau. Ma sœur retire les pansements et nettoie. Elle a des gestes doux. Je ne peux pas regarder. Céline m'en veut. Tu es vraiment nulle, Marie. Je sais. Je veux appeler Diane. Je ne le fais pas. J'appelle ma mère. La ligne est occupée. Astrid se lève. On choisit une jupe avec un col roulé. Astrid veut que ma sœur la maquille. Son visage ne saigne plus. Enfant, ma sœur me racontait toujours l'histoire de cette femme qui lavait les défunts, dans une baignoire, avec un gant de toilette ; un jour elle vola la bague d'une morte, toutes les nuits, une voix disait, « Rends-moi ma bague, rends-moi ma bague. » La laveuse est devenue folle et s'est jetée par la fenêtre. Cette histoire m'effrayait. Ma sœur dit qu'elle est vraie. Je ne la crois pas. Gloss, mascara, il ne reste plus rien du visage d'Astrid. Nous descendons au restaurant. J'entends, « Regarde, c'est horrible, la fille. » Astrid ne s'est pas encore vue. Nous plaisantons. Il faut parler d'autre chose, de rien, de tout, des garçons, du coiffeur, du temps magnifique. Je pense aux parents d'Astrid. Je pense à son visage d'avant. Je pense à son rire dans le train. Je pense à Zürich et au lac noir. Je pense à la peau retournée. Je pense à l'odeur de sa chambre. Astrid est fatiguée. Nous montons. Ma sœur nettoie encore les plaies. Elle a les gestes de ma mère quand elle passait le coton d'eau de Cologne sur mon corps. Astrid a un pyjama rose. Elle a très froid. Je demande deux couvertures à la réception. Nous veillons Astrid. Elle est courageuse. Elle veut rester seule. Je suis sûre qu'elle va se regarder dans le miroir de la salle de bains. Et si elle mourait pendant son sommeil ? Qui laverait son corps froid, ses lèvres bleues ?

Les parents d'Astrid arrivent dans la matinée. Ils ont roulé toute la nuit. Je me cache avec Céline, comme une voleuse. Ils n'ont pas reconnu leur fille dans son lit. Sa mère a eu peur. Sa mère a crié. Son père a appelé l'aéroport de Genève pour la faire rapatrier en hélicoptère. La peau d'Astrid a encore enflé. Elle ne voit plus d'un œil. Je ne sais pas quoi faire. Je reste dans la salle à manger. Je vais au sauna. Céline est comme moi. On est terrorisées. M. Dupuis est grand, fort et élégant. Il a le visage de Toscan du Plantier. Il a une voix sévère. Ils sont encore au chalet. J'ai reconnu la Jaguar sur le parking. Je dois les voir. Je dois me défendre. Ce n'est pas ma faute. Je ne sais pas skier. J'ai peur d'Astrid. Ma sœur a dit que c'était pire qu'hier. L'infirmière n'a pas voulu les recevoir. On a signé des décharges à la réception. Chacun est responsable de son corps. Chacun est maître de soi.

Je n'ai pas dormi de la nuit. J'avais peur qu'elle meure. J'entendais la musique de la boîte, les basses surtout, comme une voix venue du ciel qui m'accusait. Les parents d'Astrid sont dans le hall. Ils règlent sa note de minibar. Astrid est dehors, dans une ambulance. Sa mère ne me salue pas. Son père approche. Céline reste derrière moi. Je ne bouge pas. Je suis prête à recevoir sa gifle. Il me regarde, longtemps. Je crois qu'il me méprise. J'ai tant insisté. Je pensais que cela ferait du bien à Astrid de quitter ses parents, de grandir, enfin. Il dit, « Vous avez quoi dans la tête ? S'éclater, c'est ça s'éclater ? » Je ne réponds pas. Je ne m'excuse pas. Je suis si triste. Je veux rentrer. L'ambulancier a posé un gyrophare rouge sur le toit de la voiture break.

Céline trouve cet accident étrange, dès le deuxième jour, comme si Astrid n'était pas prête.

Je ne veux plus skier. Je passe la semaine dans ma chambre. J'apprends les pas de *Billie Jean*.

83

Antoine vient à la villa. Il sait pour Carol. C'est triste, elle est si belle. Ce serait aussi triste si Carol était laide. Antoine me trouve agressive. Julien aussi. Je veux voir Marge. Son frère est parti pour la Corse. Elle n'est pas chez sa mère. Je ne comprends pas. L'été s'achève. J'attends, comme les autres. La mort prend en otage. Nikie veille sur Liz. Nikie est une vraie mère. Moi, je n'ai pas les gestes. Antoine me trouve plus jolie qu'avant. Quelque chose a changé dans ton visage, Marie. Je ne sais pas quoi. Tu es différente. C'est Diane, sous ma peau. C'est la peur. C'est ma nouvelle vie. Je regarde Ferney sur une carte, près de Divonne, près de la Suisse, de Genève. Antoine veut m'emmener danser. Antoine veut me changer les idées. Il a la voiture de Harry, son ami vietnamien. J'accepte. Nous allons vers Dinard, tous les deux. Julien a demandé si ça recommençait entre nous. J'ai dit non. Il ne me croit pas. Il est jaloux. Nous nous arrêtons à Saint-Lunaire, au bar de La Potinière. Antoine commande deux kirs. Lui aussi a changé. Il est plus mûr. Il me fait rire. Il a une belle bouche, assez grosse. Il ressemble à Marlon Brando. Il prend mes mains. Les siennes sont musclées et râpeuses à cause de la planche. Nous n'avons jamais parlé de ce jour de l'an à Rennes, ni de Harry, ni du train pour Saint-Malo. Jamais. Antoine sait que je sais.

Il sait que ça ne me gêne pas. Il dit, « Tu n'es pas comme les autres filles, Marie, celles qui cherchent à tout prix un mec, qui te mettent la bague au doigt, qui parlent d'avenir, de fiançailles, de famille. Toi, je te sens libre. » J'ai étouffé Diane. Antoine ne le sait pas. Lui non plus n'est pas comme les autres, les inconnus, les malades mentaux qui murmurent, « Salope, suceuse, tu me plais, tu es bonne. » Marge disait, « C'est physique, une érection toutes les vingt minutes. C'est la rage qui monte au cerveau. »

Antoine aime me serrer fort dans ses bras. Je le trouve plus beau avec Harry qu'avec moi.

Ils vont mieux ensemble.

Antoine dit, « C'est drôle les gens qui pensent que les homosexuels sont des mauviettes. » Il pourrait les battre jusqu'au sang. Antoine fait de la musculation. Antoine aimerait venger tous les garçons qui se font traiter de pédés. Antoine dit que les hommes détestent les femmes et les homosexuels. C'est la même haine. C'est la même peur aussi. Antoine dit que c'est drôle à voir, ces types qui prennent l'ascenseur avec lui ; ils se plaquent toujours dans le fond. Antoine dit que tous les hommes pensent que les homos vont les sodomiser. Antoine n'aime pas sortir avec les hétéros. Antoine aime bien les filles. Antoine préfère les fesses d'un garçon parce que c'est plus dur. Antoine préfère la langue d'un garçon parce que c'est moins timide. Antoine préfère les épaules d'un garçon parce qu'elles le soulèvent. Antoine a du succès. Antoine rit quand il entend, « C'est du gâchis. » Antoine dit que les gens sont hypocrites. Qu'il y a beaucoup d'homosexuels cachés. Antoine dit que c'est très grave d'étouffer son homosexualité. Qu'il ne faut pas faire ça. Que ça peut rendre fou. Antoine dit qu'il faut être fier de ce qu'on est. Que ce sont les autres qui ne vont pas. Qu'une société qui n'accepte pas ses homosexuels est une société malade. Antoine dit que les homos ne sont pas assez protégés par les lois. Qu'il faudrait emprisonner les types qui insultent. Que c'est traumatisant. Que ça peut ruiner la vie. Antoine dit qu'il connaît plein de garçons qui ont eu envie de mourir. Antoine dit que c'est à cause de la famille. Que certains pères renient leurs fils. Antoine dit que les homos sont souvent heureux d'être homos. Que ça procure beaucoup de joie. Antoine dit que ce sont les autres qui rendent malheureux. Antoine ne comprend pas pourquoi les hétéros sont obsédés par les homos. Antoine a vu un psy un jour. Il lui a dit que ce n'était ni un choix ni une maladie.

Antoine dit qu'il a un sixième sens. Les homos se reconnaissent. Je demande pour Marge. Il ne l'aime pas. Marge est une petite conne qui joue avec les filles. Elle fait ça pour exciter les mecs. Antoine dit qu'il faut se méfier de ce genre de filles. Elles veulent juste avoir une expérience. Ce sont des killeuses, sans cœur. Elles ne tombent pas amoureuses. Elles sont malsaines. Antoine a une amie à Nantes, Véra, qui a rencontré une fille comme Marge ; elle lui disait, « Je ne pourrai jamais toucher tes seins, je ne suis pas homo, les filles m'excitent mais c'est dégueulasse. » Antoine trouve que c'est très grave de dire ce genre de conneries. Il faut soigner ces gens-là. Ce sont de vrais dangers. Il faut s'en protéger. C'est pour cette raison que les homos restent entre eux, les filles surtout, les mecs sont moins fragiles, plus sexuels. Antoine me présentera Véra, on s'entendrait bien toutes les deux. Antoine se doute de quelque chose. Je ne réponds pas. Antoine se bat dans la rue quand on l'insulte avec Harry. Antoine n'a pas peur. Il est fort. Harry fait du kung-fu. Il lui a appris à tuer un homme avec deux doigts. Il me demande pourquoi je suis seule cet été. Il ne sait rien de Diane. Il n'y a rien à savoir. Je suis fatiguée. Je n'ai plus envie d'embrasser. Je ne veux plus de corps. Je ne veux plus chercher. C'est la maturité, dit Antoine. C'est une grande déception je crois. Qui pourrait me faire tourner la tête ?

Nous allons au Rusty. La route est mouillée. J'ouvre ma fenêtre. Il fait froid. J'entends les cascades de la Rance. J'entends Mike Olfield, *Moonlight Shadow*. J'ai envie de pleurer.

Harry nous rejoint au Rusty. Nous restons tous les trois au bar. Je ne cherche personne. Je suis bien avec eux. Ils se mangent des yeux. Ils sont sur les tabourets, jambes écartées, et je les trouve très sexy, très durs, très fermes, excités l'un par l'autre dans leurs jeans. Ils passent une main dans mes cheveux puis sur leurs cuisses. Ils boivent de la bière à la bouteille. Ils fument des Craven A. Ils ont des épaules larges. Harry a tourné dans une publicité pour un savon. Il a un ventre doré, sans poils. Harry dit qu'Antoine fait bien l'amour, il est doux et fort, tendre et violent. Certaines filles tournent autour de nous. Antoine les allume. Harry dit qu'Antoine a une bouche faite pour ça. Je ne relève pas. Harry insiste. Antoine suce très bien. Tant mieux. Je ne suis pas jalouse. Je pense à Diane. Je pense à cette fille du Pont qui m'a dit un jour que les vidéos X de mecs l'excitaient. Les acteurs étaient beaux et musclés. Ils avaient plusieurs rôles. Que c'est une légende, actif-passif. Elle aurait bien aimé être un mec pour prendre un autre mec. Elle était assez jolie, blonde et ronde. On l'appelait « Belle des champs ». Elle sortait avec un moniteur du club. Je ne l'ai pas revue cet été. Elle aurait adoré Antoine et Harry qui se caressent devant tout le monde, qui s'embrassent et qui dansent torse nu, *High Energy*. Personne n'insulte ici. Un garçon veut m'inviter à danser. Harry prend ma taille. J'ai chaud. J'ai envie de parler de Diane. Je n'ai aucun mot pour décrire son corps, sa voix, ses mains qu'elle posait sur mes épaules avant de prendre son train. Elle me manque. C'est aussi l'idée de l'amour qui me manque.

Harry et Antoine me raccompagnent au Pont. Nous roulons fenêtres baissées. Je suis sur la banquette arrière. Les garçons sont devant. Je regarde leur nuque, leur visage de profil. Je suis en sécurité. Je ferme les yeux. Je pense à mon père qui conduisait en vacances.

Je pense au corps battu par les vagues. Je pense à la peau chaude de soleil. Je m'endors, escortée.

84

Je retrouve Diane après les vacances, *Viens,* au téléphone, je prends le premier train, je cours sur le quai de la gare, vers sa maison, Diane ouvre la porte et me prend dans ses bras, j'aimerais me cacher à l'intérieur de son corps, ne plus en sortir, disparaître à Uster ; je ne dis rien, Diane sait pour Astrid, je ne demande rien, Sorg est à Zürich, il a appelé ma sœur, je ne la regarde pas, nous montons dans sa chambre, je m'allonge sur son lit, Diane caresse mon visage, Astrid est encore à l'hôpital en observation, elle a perdu un œil, elle a un traumatisme crânien, elle aurait pu mourir pendant la nuit qui a suivi son accident, la neige a fondu dans le jardin de Diane, le ciel est rose, ma mère a vu un écureuil traverser notre terrasse, mon père est reparti, Diane sait conduire, on pourra prendre la Chevrolet, aller en Suisse italienne, dormir à l'hôtel. Il y a une photo de Sorg sur sa table de nuit. Je ne la connaissais pas. Sorg est devant King Kong, dans un studio d'Hollywood. Nos vacances américaines, dit Diane. Je ne sais pas si on prendra l'avion un jour. Je ne sais pas si je verrai Diane nager dans les vagues de l'Océan. Je ne sais pas si je serai encore à Zürich l'année prochaine. Ma tante Carol va venir chez nous. Mon père a demandé un autre poste. Diane ne m'écoute pas. Elle ferme les yeux. Elle retire sa main. Diane s'endort.

Diane parle en rêvant. Diane dit que c'est ma faute si Astrid est tombée.
 Ce n'est plus comme avant.

85

C'est la fin, dit ma sœur, Carol a encore perdu connaissance, ils n'ont pas rebranché les appareils, il faut laisser aller maintenant, comme un petit radeau de bois qui descend une rivière, ne pas retenir. Le corps va céder. Les os vont rompre. La voix n'a plus de souffle. C'est la fin, Marie. Vous allez venir, je crois. J'ai entendu une conversation. On a appelé Sybille ; c'est très dur. Je ne suis plus dans la vie. Ne dis rien à Liz, son père s'en chargera. Je ne dors plus. Je me sens malade à mon tour, comme si Carol nous entraînait avec elle, comme si je devais l'accompagner jusqu'au bout et me noyer. Je reste au soleil dans le jardin. J'ai vu la météo, il pleut à Saint-Malo. Ici il fait encore chaud. Ce sont les marées d'équinoxe qui dérèglent le temps. Elles emportent tout. Ne te baigne pas, Marie. C'est dangereux. Je vais au Thabor, le parc est désert, les arbres sont comme des fantômes, je marche, longtemps, pour oublier, je m'attends à croiser Carol avec la poussette rayée bleu de Liz, nous irions au toboggan, où tu glissais petite, pendant l'hiver 72, tu ne dois plus t'en souvenir, Marie, je te surveillais bien, comme je surveille le corps de Carol, ses moindres gestes, ses mots, a-t-elle faim, a-t-elle soif ? Tout passe par une sonde. Les malades ressemblent aux petits enfants et les enfants sont aussi fragiles que les grands malades. J'ai ma robe à fleurs Cacharel quand je vais voir Carol, pour lui porter bonheur. Le cœur bat encore. La mort prend dans le cerveau. C'est la fin des images, la mort ; la fin des ordres, la fin de la pensée, la fin des rêves, le cœur n'est rien que du sang qui a charrié tant d'amours.

86

Il fait beau à Zürich. C'est le foehn, un vent chaud qui rend fou. Je me sens différente. Je quitte Diane, sans le vouloir. Sorg l'attend à la sortie du lycée. Les deux plus beaux amoureux de Gockhausen, dit Karin. Je ne vais plus à Uster. Je ne téléphone pas. Diane m'en veut. J'ai trouvé un mot dans le pupitre de Céline, « Je ne sais plus quoi faire avec Marie, elle est imprévisible, si jalouse et si distante à la fois. » Je n'ai pas honte. Il ne neige plus. La forêt sent la mousse et les fougères. Astrid est sauvée. Ma tante est à la maison. Elle dort dans ma chambre. Elle se réveille la nuit. Je l'entends. Elle m'offre un disque de Gainsbourg, *L'Homme à la tête de chou*, et un dictionnaire de langue française. Je m'occupe de la terrasse. J'ai planté un olivier. Ma mère est sceptique. Il peut faire chaud en Suisse. Le foehn ressemble au sirocco. Je descends en rollers la longue Hochstrasse. J'ai failli passer sous un tram. Je n'ai pas raconté. Je ne suis pas si fragile. Je déteste Diane. C'est une autre forme d'amour. Sorg appelle ma sœur le soir. Ma sœur veut les inviter à dîner à la maison. Sorg et Diane sous mon toit, l'enfer sur terre. Carol a fait des courses, Bahnhofstrasse avec ma mère. Elle adore Zürich. Elle adore notre appartement fait d'un seul bloc. Elle a fait un plan pour montrer à ses filles. Ma mère l'a prise en photo près du lac, au Niederdorf, où Sorg loue un penthouse. Tout se rejoint. Tout se recoupe. Je ne contrôle plus. Je m'éloigne de Diane et elle entre dans ma vie, intime, réelle. C'est le secret qui m'excitait. Diane se montre à ma famille. Elle s'efface de ma tête. Son visage ne m'appartient plus. Je vais deux fois par semaine au gymnase pour la rencontre de volley. J'ai fait des progrès. Je joue bien. Je ris avec Gil et les frères Yari. Jane me trouve plus jolie que Diane.

C'est le printemps et c'est comme en été.

87

Je rentre à pied de Saint-Malo, seule, par la route, Rochebonne, Paramé, j'aime l'odeur des pins, le chant des tourterelles. J'entends une voiture derrière moi. Je suis suivie. Je longe les villas, les jardins, la boulangerie, le terrain de camping. La voiture klaxonne. J'entends, « Marie, Marie. » Je connais cette voix. Elle reste sans visage. Je l'ai tant entendue, au club, sur la plage, aux villas, sur la digue de Dinard. Il y a du sang dans ma tête. J'ai mal à la poitrine. Elle a les bronches fragiles, Marie. La montagne c'est mieux que la mer. C'est Marge. Elle est avec Rémi. Elle m'appelle. C'est la fin de l'été. Carol va mourir. Diane m'a trahie. Je n'habite plus Zürich. Marge appelle enfin. Je ne réponds pas. Attends Marie, on te ramène. Je monte, à cause de Rémi. Marge me regarde. Ça va ? Je n'ai rien à dire. Marge pose ses pieds contre la boîte à gants. Elle a retiré ses chaussures. Elle a son sac sur le ventre, Adepal, contraceptif oral. Elle a des bagues en argent et une robe bleue. Elle est de plus en plus belle. Elle fait femme. Audrey dit que les filles qui font souvent l'amour prennent dix ans. Je lui en veux. Marge et ses yeux bleus. Marge et ses cheveux blonds. Marge, Margaret, Benett. Je sais tout d'elle. Elle sait presque tout de moi. C'est Diane qui sépare. Ce n'est ni Luc, ni les garçons, ni les fêtes de la maison blanche.

Je ne devrais pas lui en vouloir. J'avais peur de sa réaction. Encore, je n'ai plus de voix. Je descends à l'entrée du chemin. Je vais vers les villas. Marge court vers moi, « Attends, Marie, attends. » Attendre quoi ? Il faut qu'on parle. Rémi allume une cigarette. Il s'amuse. Il attend. Tous les garçons obéissent à Marge. Elle a ce don. Viens chez moi ce soir. Ma mère me loue un studio, résidence du Val, il est en travaux mais j'ai un lit et des draps propres. Viens Marie. Diane disait *Viens*, théâtrale, comme Ava Gardner, Marge dit *Viens Marie*, comme une amie, la meilleure, la plus tendre, mon amie d'enfance. Je ne peux pas, Marge. C'est toujours la même peur. La peur du corps.

Je mange avec Nikie, Liz s'endort, Audrey et Julien regardent les vagues sur la plage. Le parking du Pont est noyé. La digue a rompu. Les falaises plongent dans l'eau, aucun bateau ne sort. Nikie raconte son dernier rêve, la foudre dans sa chambre, un raz de marée, le visage de Carol sous un chapeau en ciré, comme une petite fille. Ça va arriver, je le sens, dit-elle. Je n'ai pas faim. Je pense à Marge. Je regarde Nikie qui ne ressemble pas à Carol mais à ma mère. Nous veillons Liz et la mort nous veille. Il y a du vent. Les volets ne sont pas fermés. Il faut rentrer les chaises longues et la table de jardin ; chaque geste renvoie à l'anniversaire, au jour de mes seize ans. Nikie est sûre que je vais faire du cinéma. Je ne crois pas. Je joue mal. Je ne sais pas mentir. Marge sait pourquoi j'ai refusé son invitation. C'est à cause du mot « *drap* » et du mot « *propre* ». Elle avait un air étrange. Elle a vu nos deux corps dans son lit. Nous aurions pu nous embrasser pour fermer l'enfance, enfin.

88

Sorg et Diane viennent à la maison. J'ouvre les baies. Ma sœur porte une robe dos-nu. Ses yeux sont maquillés. Sa bouche reste pâle. Elle sent le monoï. Elle veut plaire à Sorg. Je ne fais aucun effort. Mon pull est déchiré aux coudes. Ma mère me demande de me changer. Je refuse. Qu'est-ce qu'il te prend, Marie ? Tu es devenue folle ? J'ai invité Céline. Diane va venir chez moi. *Viens*. Je reste. C'est elle qui vient au 30 Hochstrasse, dernier étage. C'est elle qui arrive. C'est elle qui répond. Diane à la maison. Diane sur le canapé. Diane dans ma chambre. Je sers des Martini blancs. Ma mère est heureuse. C'est bien de recevoir. Tu n'invites jamais personne, Marie. Et Céline ? C'est ma sœur qui a insisté. Elle appelle Sorg, souvent. Je l'entends rire au téléphone. Elle me regarde bizarrement après. Sorg ne sait rien. Ma sœur ne sait rien. Ne pas se confier, ne pas avouer, jamais. Ma mère boit du Martini. C'est la première fois. Elle est belle. Elle est allée chez le coiffeur. Elle porte un chemisier en soie. Diane ensorcelle, par son prénom. Diane, la légende. Je suis comme Astrid. J'ai des absences. Je tombe. Diane est une méduse. Je suis allergique. Je n'en veux plus. Il est trop tard. Diane est dans la chair. Ma sœur fait danser ma mère, Lester Young. J'appelle Céline, « Viens vite. » L'air dehors sent bon. Nous allons vers les beaux jours.

Les cadavres glisseront avec les glaciers. Le soleil révèle les morts, la neige les enfouit. J'allume les lanternes. Le lac est noir. J'entends le dernier tram monter vers l'église, *die Kirche*. C'est la saison des amours, *die Lieben*. Je ne sais plus qui je suis, *Wo bist du ?* Je pense à mon père, *der Vater*. Je crois le trahir. C'est idiot. C'est Diane qui vient. C'est mon désir, encore. C'est l'image de ma mère près du corps de Diane. Comme si elle allait la voler. Comme si ma mère pouvait tomber amoureuse. C'est Noël soudain. Je suis excitée. C'est la musique et le Martini chaud dans mon ventre. Je veux partir. Sorg va s'amuser. Il regardera. Il assistera. Céline arrive. Je la serre fort dans mes bras. J'aime encore Diane. Je connais son odeur et sa peau. Je vais à Uster. Je prends le train la nuit. La gare de Zürich est dangereuse. Je dois me changer. Céline choisit un pull en V noir et un pantalon. J'obéis. Elle me fait rire. Elle est comme ma mère. Elle a peur que je me suicide.

Diane offre des roses rouges. Diane est en robe moulante, fendue sur un côté, avec deux petits diamants à chaque oreille. Elle est très belle, très actrice. Je la surveille, « Bonjour madame, c'est joli chez vous, Marie a vos yeux en amande, ce corsage, c'est Saint Laurent ? » Diane est avec ma mère. Elle la suit. Elle la regarde. Elle me cherche sous sa peau. Ma mère se laisse faire. Ma mère est séduite. Elles sont en couple. Elles pourraient se moquer de moi. Chacune a ses secrets, mon odeur d'enfant, mes caprices d'adolescente. Diane entoure ma mère. Diane joue à l'homme. Diane prend la place de mon père. Je suis la seule à savoir. Ma mère a les yeux qui brillent. Ma mère devient légère. Ma mère rit fort. Ma mère devient moi.

J'assiste à une rencontre ; je suis jalouse. Diane retire ses chaussures. Diane est pieds nus, chez moi. Je pourrais lui faire couler un bain. Je pourrais l'enduire de monoï. Je pourrais la coucher dans mon lit. Je pourrais prendre des photographies. Je pourrais m'allonger près d'elle. Sorg a une chemise mauve avec un pantalon gris. Il a apporté du champagne. Diane traverse l'appartement. Diane fouille mes secrets. Diane se venge. Je ne téléphone plus. Je veux l'effacer. Je ne peux pas. J'ai envie de l'embrasser. J'ai envie de la mordre. Je l'aime, je la déteste. Sorg reste avec ma sœur. Ils ouvrent le champagne. Je vais dans ma chambre. Diane me rejoint. Elle ferme la porte. Ta mère est belle, Marie. C'est drôle de voir ta maison. C'est bien pour moi. Je peux t'imaginer. C'est fini avec Sorg. Il est comme un frère désormais. Je ne la crois pas. Elle sait bien crier. Elle sait bien mentir. Elle veut être avec quelqu'un. Elle veut toujours plus. Sorg se protège, c'est tout. Diane regarde un Polaroïd de Saint-Malo. Tu n'as pas changé. Tu as toujours ce regard doux et perdu à la fois. Tu ne m'aimes plus, Marie ? Diane a les cheveux bouclés et les mains fines. Diane sent Opium. Diane est une vraie femme.

Je tombe encore, empoisonnée.

Diane adore le jazz. La voix de Billie Holiday fait pleurer. Ma mère aime danser avec Diane. Ma mère adore les filles. Elle ne voulait pas de garçons. Sorg connaît un bon architecte. Céline fera un stage chez lui. Sorg invite ma sœur au bal de Polytechnique. Diane m'invite à Uster. Ce sera bien. Diane me tient dans sa main, Art Blakey, je n'ai plus peur. Il fait nuit. Diane est dans mon appartement. Diane entre dans ma vie.

Diane me prend ma mère. Je ne peux pas l'arrêter. C'est la saison des amours. Les arbres sont en fleurs. Il ne neigera plus. On se baignera dans la Limmat. On bronzera dans le jardin. Diane sait faire la citronnade. Je pourrais me jeter de la terrasse. Je pourrais mettre le feu à sa robe. Je pourrais tout dire. Diane le sait. C'est la guerre. Je vais chez elle samedi prochain. On regardera une vidéo. On s'endormira au petit matin. Gil ressemble à Gregory Peck. Astrid est à l'hôpital. J'ai cette odeur encore, le produit jaune qui nettoie le sang. J'ai reçu une pierre au front pendant le voyage de classe. Diane a pris ma main. Diane m'a touchée. Diane n'a pas peur du sang des autres. Je ne la connaissais pas encore et je la désirais. La réalisatrice de *Coup de foudre* s'appelle Diane, Kurys. Je n'ai jamais pu choisir entre Miou-Miou et Isabelle Huppert. Mon père préfère Nathalie Baye. Ma mère a une passion pour Sami Frey, à cause de la voix. Billie Holiday fait pleurer. Ma mère dit que petite je voulais l'épouser. Je t'offrirai une grande maison, maman, et tu fumeras ton cigare. Elle est mignonne, Marie. Elle est attachante. Elle est spéciale, Marie. Elle est inoubliable. Diane prend mon bras. Diane prend ma main. Diane dit je t'aime. Je crois rêver. Je ne suis pas sûre. C'est peut-être l'alcool. C'est peut-être ma mère. C'est peut-être Astrid au téléphone. C'est peut-être Céline qui protège. C'est peut-être Carol sur le quai de la gare. C'est peut-être Sorg contre le ventre de ma sœur. J'ai cette chanson idiote dans la tête, *avec les filles j'ai un succès fou.*

Diane est sur la terrasse. Elle regarde le lac, les montagnes. Elle a mon corps, penchée sur la cour. Elle a mes gestes. Elle a mon ombre sous la lumière des lanternes. Sorg la rejoint. Ils s'embrassent dans la nuit.

89

Je marche au-dessus de la plage du Val, sur une crête bordée de pins, il est tôt, il pleut, je me souviens de la voix de Marge, on ne se quittera jamais, Marie, nous deux c'est pour la vie ; j'entends ma sœur, Carol est en train de mourir, son visage est beau ; j'entends Nikie, Carol est montée dans le bus, elle portait un imperméable beige ; j'entends la voix de Julien, on est de la même famille, Marie, ne l'oublie pas, tu as mon sang ; j'entends ma mère, je tiens la main de Carol, elle s'en va lentement ; j'entends la voix de Liz, Marie, si tu étais un garçon, tu t'appellerais Diego et je t'épouserais. L'immeuble de Marge est en travaux. Je ne connais pas l'étage. La pluie sur mon visage fait comme des larmes. Je ne pleure pas. Je perds Carol et je ne pleure pas. Je retiens. C'est très grave, dit ma sœur. Les secrets nuisent au bonheur. Je ne sais pas pleurer. J'ai souvent envie mais ça ne vient pas. Je pense à Marge quand nous dansions ensemble à La Chaumière sous la cabine du DJ dont elle était amoureuse. Il ressemblait au bassiste de Depeche Mode. Il faisait entrer sans payer. On l'attendait à l'entrée de la boîte. Il arrivait comme un sauveur. On passait devant les autres, deux princesses. Elle l'a vite quitté. Il est trop amoureux de moi, disait Marge, ses lettres sont idiotes, « Tu es le soleil de ma nuit ; tu es ma plus belle vague et je t'attends sur la plage. » On riait bien. Julien disait que nous n'avions pas de cœur. Marge doit dormir. J'entre dans son immeuble. Quatrième droite, Benett. Je ne sonne pas à l'Interphone. J'ai peur de Marge. Elle est peut-être avec Rémi. Elle ne m'attend pas. Je suis quelqu'un d'autre. Elle ne me reconnaîtra pas. Mes mains sont passées par Diane. Ma peau sent Opium. Mes yeux ont changé de couleur. Ils sont de plus en plus clairs. Les aveugles ont la pupille blanche, retournée vers l'intérieur. Ils voient la lumière floue du cerveau. Je descends à la plage. Elle est belle. La mer est agitée. J'ai envie de me baigner. Je suis seule. Je pourrais me noyer. Je ne veux plus revoir Marge. Je vais partir pour Rennes. Je ne donnerai plus de nouvelles. Je vais faire ma vie sans Marge. Je brûlerai ses lettres. J'aimerais qu'elle brûle les miennes. Il n'y aura pas d'appartement à Paris, de Golf décapotable, de mecs à nos pieds. Je n'écrirai plus. Je ne téléphonerai plus. J'ai changé. Je laisse, ici, plage du Val, Marie qui aimait Marge, Marie, sans peur, Marie, une fille comme les autres. Marge ne comprendra jamais ma vie. Je marche avec le chanteur de Culture Club, *Do you really want to hurt me ? Do you really want to make me cry ?* Je trouverai une autre famille.

90

Avec le soleil, la patinoire du Dolder devient un club de cheval. Je ne monte pas. Je regarde les filles en bombe, Molly et Jane. J'aime savoir que j'ai glissé, ici, que j'ai attendu Diane, en secret. Le Dolder est ma mémoire. Je doute parfois de mon histoire. Je dois aller à Uster. La forêt est belle après la neige. Il y a un champ de jonquilles derrière les bois. Je prends un café, au soleil. Ma mère adore Diane. Elle la trouve belle et brillante. Elle est étonnée de notre amitié. Nous sommes si différentes. Diane danse quand je suis immobile. Diane chante quand je suis silencieuse. Diane attend et je ne viens pas. C'est cette rupture qui me séduisait avant. C'était fou d'aimer son contraire. J'ai changé d'avis. J'aimerais que Diane me ressemble. J'aimerais que Diane soit fidèle. Jane dit que des bruits courent au lycée. Je ne te juge pas, Marie. J'ai peur pour toi. Diane est dangereuse. Personne ne sait à part Céline. J'ai confiance. Jane dit que ce n'est pas grave d'aimer une fille. Moi je trouve cela très grave. C'est ma vie secrète. C'est toute mon imagination qui prend là. Diane est dans la tour que je construis. Je m'enferme avec elle. Je ne peux plus sortir. C'est d'une extrême importance. Je ne pourrais pas aimer Jane, ni Molly, ni cette fille qui donne des ordres aux cavaliers. Ils se suivent. Les chevaux sont doux. Ils obéissent.

Ils baissent la tête. On dit qu'ils ne voient pas la même chose que nous. Je suis la seule à voir la peau tachée de Diane, la seule à sentir son ventre, la seule à m'évanouir quand elle dit *Viens*. C'est la fin de l'hiver. C'est la fin des glaces. Ça sent la forêt, la résine, la terre, l'herbe fraîche. Je sens mon corps changer. J'ai cassé la chaîne en argent. Je n'écoute plus le disque d'Al Stewart. Carol cesse ses séances de rayons. Elle ne supporte pas. Je ne sais pas si je vais supporter le printemps sur ma peau. Je ne sais pas si je vais supporter la voix de Diane au téléphone. Je veux voir la mer. Le niveau du lac a monté. C'est la fonte des neiges. C'est la vie nouvelle et ressuscitée.

91

La voix de ma mère revient. Carol est morte dans la nuit. C'est fini. Le corps est encore là et c'est fini, la petite chambre, l'odeur de la clinique, le poste de radio, le jardin. Il faut retrouver sa force. Il faut retrouver sa tête. Il faut être courageux. Ne plus prendre le bus. Ne plus attendre. Il ne faut pas devenir fou. On descend le corps. On défait les draps. On remplit les formulaires. On choisit un vêtement, le plus beau, le dernier. On rentre à la maison. Il faut se changer, se laver le visage, boire un verre d'eau, se donner un coup de peigne, changer de chaussures, repartir. Carol repose en paix. C'est ça la mort, la voix et le silence, l'attente et le vide. C'est irréel. Ce sont deux mondes qui s'affrontent, tout et rien, le bruit et le silence. Ce sont deux mondes qui se superposent. Le vide est plus fort que la vie. Ça ne délivre de rien, la mort. C'est suivre ses gestes. C'est regarder ses mains, qui fouillent, qui signent, qui rangent, qui ouvrent la lettre de Carol : le feu, et les cendres dans la mer. C'est attendre la voix qui ne vient plus. On cherche un crématorium. On achète des fleurs. On fait vite, l'administration, les pompes funèbres, la clinique, comme si de rien n'était. C'est la vie, c'est la mort. Répondre aux questions sans pleurer. Garder la tête froide. On devient un surhomme. Pas besoin de manger ni de dormir. On fonce. On y va. La mort est un train. On loue un corbillard. Il fait chaud. C'est encore l'été. Le ciel est bleu avec des traînées blanches. On cherche des signes. Carol souriait sur son lit. On a joint les mains. On a attaché les cheveux. On a prié. On a veillé. On a attendu que le jour se lève. Le bateau est à quai. La voile est neuve. Les sacs sont prêts. Carol aimait les îles anglaises, les pulls shetland et les muffins. Carol savait naviguer. Les petites se réjouissaient. Il faut suivre le corps, l'encadrer encore. Il est mort et il faut le protéger. Il a besoin de nous. On est à la hauteur. On ne pleure pas. On se regarde faire, ramasser les objets, les chemises de nuit, le parfum, les barrettes à chignon. On accepte. On est suivis. Quelque chose arrive. Carol est dans le couloir de la clinique, sur son lit, au lavabo, les cheveux mouillés, Carol est sur le perron de sa maison, Carol prend le soleil dans le jardin du Thabor. On quitte la vraie vie. Carol est dans la grande voiture noire. Il faut conduire doucement. Attention au corps. Il est précieux. Il est inoubliable. Il est mort et fragile. Il est Carol encore. Il est la peau et le visage. Il est le ventre et les cheveux blonds. Il doit rester intact avant le feu. On apprend le vocabulaire. Ça entre vite dans la tête. C'est un réflexe. Avant, après. Debout, allongé. Chaud, froid. Morgue, funérailles, crémation, urne. On appelle le journal, pour le faire-part : Décès, Famille Lange.

J'entends la voix de Carol, dit ma mère. J'entends notre enfance, les voyages en voiture, les bains de mer, les goûters dans la cuisine, sa blouse rose à la sortie du lycée. La mort, c'est la vie qui remonte. C'est tout ce qu'on avait oublié, des détails. Une main dans les cheveux, la couleur d'une écharpe, la façon de marcher, les yeux qui pleurent, les boucles d'oreilles. La mort c'est la vie qu'on retourne, pour comprendre, pour savoir. Rien ne vient alors. *Ce sont des riens, des petits rien du tout*, chantaient Deneuve et Gainsbourg. Entrer dans la maison. Regarder les albums. Ranger les affaires. Aider Jean. Craindre le feu. Surtout ne pas se regarder faire. Devenir un automate. Accompagner le corps comme on accompagnait l'enfant à l'école. Il ne faut pas s'évanouir. Il ne faut pas boire d'alcool. Il faut changer de sujet. Il faut prendre un calmant. Il faut raconter des choses gaies. C'est comme dans un rêve, lent et rapide à la fois. La mort est une transformation : Carol — le corps — la dépouille — les cendres.

92

Sorg vient chercher ma sœur à Fluntern. Il est en smoking, ma sœur en robe de soirée. Ils vont dîner avant le bal de Poly. Ils sont chic. Ils ressemblent à mes parents quand ils se rendaient aux réceptions de l'ambassade. J'aimais bien regarder ma mère se préparer, le brushing, la poudre, le parfum, le manteau de fourrure. Je l'enviais. Ils rentraient tard. J'attendais devant la télévision avec des chips et du Coca. La nuit me fascinait ; c'était la fête, la musique et le champagne ; ce que j'ai retrouvé chez Diane. Ma mère ne veut pas que je prenne le train. Elle m'offre le taxi. J'ai un petit sac, pour le week-end. Diane m'attendait dans l'après-midi. J'ai vu Gil. On a fait du roller ensemble. Il a pris ma main. Sa peau est douce comme la peau d'une fille. Je ne suis pas amoureuse de lui. Il a peur de moi je crois, comme j'ai peur de Diane. Il donne ce que Diane ne donnera jamais ; des yeux d'amour, une voix qui rassure, Gil, le jeune tuteur. Diane ne sait pas. Je ne veux pas lui dire. Diane a les mots pour détruire ; elle est très forte. Elle sait le détail qui tue. Gil est fragile. Je le garde pour moi. Je lui donne ce qu'il n'a pas. Je l'imagine plus homme, plus vieux, plus sûr de lui. Je mens à son sujet. Je quitte la Hochstrasse. C'est la première fois que je dis la vérité. Je vais à Uster. Je laisse le numéro de téléphone. C'est moins excitant qu'avant. Je suis localisée. Le taxi ne parle pas français. J'écris l'adresse de Diane sur un papier. Il va vite, plus vite que le train, il passe par la route de l'aéroport, j'entends les avions dans le ciel qui s'arrachent de la terre, j'aimerais partir. Je ne veux pas voir Diane. Je veux m'arracher de ses bras. Je manque de force encore. Elle est à la fenêtre de sa chambre. Elle m'attendait. Elle ne descend pas. La porte est ouverte. Sorg est avec ma sœur. Je suis avec Diane. Ça devient une affaire de famille et ça ne me plaît pas. Diane a préparé des plateaux, du saumon, des œufs brouillés, des toasts. Je n'ai pas faim. Je n'ai pas envie de prendre un bain. Je ne veux pas l'embrasser. Diane me trouve bizarre. Elle me montre ses derniers achats, des polos, une robe rouge, une paire de sandales, ses affaires d'été. Elle essaie sa robe devant moi. Mon regard a changé. Je ne vois plus sa peau, ni son ventre, ni ses hanches. J'aimerais encore la désirer. Ça se brise à l'intérieur de moi, comme la glace quand on marche sur l'eau. Je n'aime plus Diane. Je veux lui faire du mal. Je m'ennuie. Je veux rentrer à Zürich. Sorg et ma sœur vont manger des huîtres et boire du vin blanc. Ils vont danser. Je pense à Burt Lancaster et à Claudia Cardinale dans *Le Guépard*. Je vois une salle en parquet et des lustres de cristal. Je déteste la valse. Sorg aurait pu m'inviter. Diane avait très peur qu'il tombe amoureux de moi. Il me trouve jolie et compliquée.

Je regarde la maison, l'escalier, le salon, le jardin derrière les baies. Je ne suis jamais venue ici. Je n'entends pas Diane qui appelle. J'ai pris le numéro de Gil. Il habite près d'Uster. Je ne veux pas le voir.

Je ne pourrai plus jamais aimer de ma vie. Je sais tout. Rien ne surprendra. Je ne suis pas triste. C'est le vide à l'intérieur de moi. Il creuse, sous ma peau, comme l'acide dans les tubes à essai du cours de physique. Je travaille mieux en classe. J'ai fait des progrès, sauf en allemand. C'est trop Diane, l'allemand. C'est trop sa voix, *Ich liebe dich* petit poison. Diane porte son peignoir en soie. Je ne la vois pas. Diane prend ma main. Je ne la sens pas. J'ai presque de la peine pour elle. Elle est avec un fantôme. Je n'existe plus ici. Tout se fane. Tout disparaît. Diane ouvre le champagne. Je n'ai rien à fêter. Je ne bois pas. On ne recommence jamais les mêmes choses. C'est facile de ruiner une histoire. Ça va vite. Je suis très forte à ce jeu-là. Je la regarde faire, les coupes, sa voix, son sourire, elle est belle, agile, intelligente et dangereuse. C'est elle qui a gagné peut-être. Je ne me reconnais plus. Diane a acheté un film d'horreur, *Poltergeist*. Elle éteint les lumières. C'est toujours par les enfants que le Diable s'infiltre. Toujours la même histoire, la famille américaine, la belle maison, le jardin avec la balançoire, la mère hystérique, la petite fille blonde qui disparaît ; toujours la même maison d'Uster, la porte en bois, les étages, la grande chambre, le magnétoscope, le corps de Diane contre le mien. Je reste immobile. Je ferme les yeux. J'attends. Diane éteint la télévision. *Viens*. Je la suis dans la chambre. La fenêtre est ouverte. L'air est doux et léger. J'ai mal à la tête. Diane ouvre le lit. Je me couche avec mes vêtements. Je reste sur le ventre. Diane trouve le numéro de téléphone de Gil dans la poche arrière de mon 501. Elle le déchire. Elle caresse mes cheveux, mes épaules, elle monte sur moi et murmure, « Ne touche pas à Gil, Marie, tu sais bien qu'il est pour moi. » J'ai envie de pleurer. Ma sœur dit que c'est malsain de regarder des films d'horreur. Que ça entre dans la tête après. Sorg dit qu'en Thaïlande les araignées sont si grosses qu'on les attrape avec des pinces. Jane n'a jamais voulu prendre la pilule, elle dit que c'est horrible de tuer son bébé-cellule. Molly était amoureuse de Jane avant. Elle lui a caressé la cuisse pendant son sommeil. Alex ne voulait pas coucher avec Diane, c'est elle qui l'a obligé. Il s'est laissé faire. Elle l'a léché, à genoux, lui debout. Sorg a la peau si blonde qu'il marque vite. Diane lui lacère le dos avec ses ongles. Éric a appelé ce matin. Ma sœur n'a rien dit pour le bal. Je vais embrasser Gil. Je n'en ai pas envie. Je vais chercher Diane dans son corps et le pénétrer. Astrid aurait pu perdre l'usage de ses jambes et de la parole ; le cerveau commande tout. Ils ont résorbé son caillot avec un petit tuyau aspirateur. Le soir de sa chute, je lui ai proposé d'aller en boîte. Je voulais lui changer les idées. La musique aurait pu la tuer, a dit Céline.

Avant je regardais le rocher du Davier. Il était trop loin à la nage. Avant je regardais l'île de Cézembre. Il fallait un bateau à moteur pour y aller. Avant je regardais loin, après la mer. On prenait l'hydroglisseur jusqu'à Jersey. Avant, je n'avais pas le droit de faire certaines choses. Avant j'avais hâte de devenir adulte pour être libre. Diane m'a trahie. J'ai perdu Marge. Carol est partie. J'aimerais revenir en arrière. Ne pas aller au Davier, ni sur l'île de Cézembre. Je voudrais encore rêver des côtes anglaises. Ce n'est pas l'interdiction que je regrette. C'est la force de mes rêves. Avant je croyais. Avant, j'avais de l'imagination. Avant, j'espérais.

Avant il suffisait de fermer les yeux pour voler dans le ciel.

94

Sorg vient souvent à la maison. Il ne dit rien sur Diane. Il m'appelle « la puce », « petite chérie », « la peste », ça dépend. Il est élégant. Il fait le baisemain à ma mère. Il a des chaussures en daim ou en croco. Il porte des chemises blanches ou noires. Ma sœur lui tire les cartes. Ils discutent. Ils rient. Ils aiment les mêmes livres, la littérature anglaise. Ils aiment la même musique, le classique et les Stones. Ils ne sont pas ensemble. Ils sont amis. J'évite Diane en cours. Elle reste avec Karin, fascinée. Diane pourrait être la Princesse du Liecht. Diane pourrait être Linda Evans. Diane vieillira ainsi, en diamants, en fourrures, en voitures de luxe. J'accompagne Céline au studio d'Urania Strasse. Je la regarde faire de la batterie. Elle me présente James, un bassiste, et Chris, le chanteur. Ils ont envie de faire un disque style Dire Straits. Ils préparent des maquettes. Céline a une drôle de tête quand elle bat. C'est la concentration. L'olivier de la terrasse a poussé. Il est petit mais il vit. On installe une foire près du lac. Je regarde les ouvriers qui montent les manèges, les chenilles, les avions, le train fantôme. Céline me demande de faire un essai de voix. Ils cherchent une choriste. Je chante faux. Chris dit qu'il y a une tristesse dans mon timbre. Il aime bien. Je chante Phil Collins, *Against all Odds*. Il se moque de moi. Il dit que je suis romantique. Avant, Chris faisait partie d'un groupe de hard-rock, il portait des jeans élastiques qui faisaient des jambes toutes fines et des petites fesses, avec un Perfecto et des tee-shirts de Trust ou d'AC/DC. Depuis Chris s'est coupé les cheveux. Il déteste les Bee Gees. Je retourne au lac, seule. Je rencontre Edmond et Pierre. Ils me saluent. Ils ont leurs manteaux d'hiver. Je pourrais m'asseoir près d'eux. Ils me font de la peine. Les jardins du lac ont fleuri. Il fait encore froid pour se baigner. Je reste souvent sur le ponton, allongée, avec mon Walkman. Je deviens aussi secrète que ce pays. Je deviens aussi calme que ses habitants. Je pense à Saint-Malo. Je pense à Marge qui m'a appelée hier. Tu trafiques quoi, Marie ? Tu n'es jamais chez toi. Mon père m'a écrit du Bénin. Il a attrapé la typhoïde. Il a dormi pendant quinze jours avec des douleurs à l'abdomen. Moi aussi j'ai mal, mais je ne sais pas où. Moi aussi j'ai la fièvre, mais je ne sais pas combien.

95

Il y aura un dernier hommage au cimetière de Rennes, dit ma sœur. Vous devez encore rester avec Liz, pour l'incinération. Sybille viendra peut-être, je ne sais pas. Je suis allée dans la maison de Carol. C'est impressionnant. Jean a sorti tous les albums, le mariage, le voyage en Afrique, les vacances de neige, le dernier jour de l'an. Il a mis certaines photos dans des cadres aussi, avec une rose ou une petite bougie. Je ne sais plus qui je suis. Je sens sur ma peau le parfum de Carol. C'est fort. C'est insoutenable. Jean est courageux. C'est idiot de dire ça mais c'est vrai. Je n'arrête pas de pleurer. Je n'arrive pas à me retenir. Tout se relâche. On dit que c'est mieux pour Carol, qu'elle ne souffre plus. Ce sont les voisins qui disent ça, et les infirmières ; tous ceux qui voient la mort comme une délivrance. C'était mieux avant. Quand Carol était en vie, qu'elle courait dans les vagues, qu'elle roulait vite sur le Sillon. Tu te souviens, Marie ? Ça faisait des trucs dans le ventre. Je ne sais pas si je vais aller à l'incinération. C'est très intime. Ça va vite, le feu. On dit qu'on met le corps dans un tiroir. Je ne sais pas si on voit les braises. Je ne sais pas si on voit les flammes. C'est le cercueil et l'urne, voilà. Ça brûle vite le corps, la peau, les ongles, les cheveux. Ça brûle vite les viscères. On dit que l'âme s'échappe avant.

Ça ne sent pas le feu je crois. Les cendres ressemblent à du sable. Enfin, c'est ce qu'on raconte. Je ne sais pas si je peux le supporter. J'aimais beaucoup Carol ; elle était douce avec moi. J'essaie de garder les images d'avant, Marie. Elle était encore magnifique à ton anniversaire. J'ai vu une photo chez Jean. Toi, tu fais une drôle de tête.

96

J'embrasse Gil après le gymnase, nous sommes en nage, il me serre fort sur le chemin de la forêt, il fait encore jour, le ciel sent bon, Gil glisse sa main sous mon sweat, je me laisse faire ; j'entends les frères Yari, en mobylette, j'entends le rire de Jane, Gil est doux, il a le ventre qui tremble, il a les cheveux noirs et un petit nez, il est plus grand que moi, il se baisse pour me prendre dans ses bras, j'ai la tête en arrière, j'ai le sang qui monte, je ferme les yeux et Diane danse sous mes paupières. Je n'ai toujours pas lu *Le Docteur Jivago*. Je me souviens de nos deux corps dans la neige. Gil s'applique, il embrasse bien, il touche ma peau comme un trésor, fragile, ce sont les mains de Diane, c'est sa voix, *Ne touche pas à Gil, il est pour moi*. Je ne me venge pas. Je retrouve Diane. J'embrasse celui qu'elle désire. J'embrasse celui qui l'excitait. Gil est un peu maigre mais musclé. Il sent le chocolat dans le cou. Il me raccompagne jusqu'à Fluntern. Nous prenons le dernier bus. Nous nous collons l'un contre l'autre sur les derniers sièges. Le chauffeur annonce les stations. Je n'entends plus rien. Gil prendra un tram jusqu'à la gare, puis un train jusqu'à Uster. Gil n'aime pas Diane. Il la trouve belle mais avec un air hautain. Il ne la connaît pas. Il ne veut pas la connaître. Je lui dis que je suis un peu Diane. Il sourit. Il n'a pas compris. Je ne répète pas ma phrase. J'ai du plaisir quand Gil m'embrasse. Je ne sais pas si c'est à cause de sa langue ou si c'est parce que je pense encore aux lèvres de Diane, à son odeur, à sa cruauté qui m'excitait, avant. Je ne souffrais pas de cela. Je n'ai aucun plaisir à souffrir. Je voulais tenir Diane dans ma main, à mon tour, comme une mouche. Gil est mon plus bel appât.

97

Je marche avec Audrey sur la plage du Pont. On quitte les villas, à cause de Liz, du téléphone. La plage est déserte. C'est l'hiver dans l'été. Le club est fermé. Le secouriste hisse le drapeau rouge. La mer est loin et glacée. Elle reviendra avant la nuit, par vagues immenses et dangereuses. Nous allons vers la plage de Rochebonne, contre le vent. Nous marchons pour Carol, une dernière fois, comme s'il fallait avertir les falaises et les sables de sa disparition. J'ai les mains dans le dos et la tête baissée. Je ressemble à ma grand-mère quand elle marchait, seule et silencieuse, déjà ailleurs, sur une autre terre, son enfance peut-être. C'est la fin des vacances. Il fait froid, à l'intérieur de nous. C'est la fin des chansons. J'entends Julien qui appelle. Il descend l'escalier avec Liz. Nikie nous rejoint. Nous marchons tous les quatre. Liz ne sait pas. Elle court, elle crie, *la mer monte, la mer monte*. Je me souviens de Julien, au club, qui tenait ma main pendant la baignade, je me souviens d'Audrey qui avait peur de l'eau, je me souviens de Carol qui plongeait de la digue. Nikie se serre contre Audrey, Julien se serre contre moi. Nous avons aussi perdu quelque chose de nous. C'est dans le corps. C'est comme un liquide qui s'enfuit. C'est comme le sable entre les doigts. Ce n'est plus Nikie, ni Audrey, ni Julien. Ce n'est plus ma voix qui appelle Liz. Ce n'est plus la mer, au loin, qui bat contre les rochers et emporte. Ce n'est plus le vent dans les câbles des bateaux à quai. Chacun pense à Carol, à sa façon. Chacun pense à soi alors.

Toutes les morts parlent de notre propre mort.

98

Je ne vais pas à Uster, chez Gil. Je ne peux pas prendre le train, descendre à la gare, traverser les champs. Je ne peux pas remplacer Diane. Gil vient à Zürich. Je ne le vois jamais la nuit. On se promène au bord du lac, il tient ma main, on regarde les forains qui montent les chapiteaux. Je me sens seule avec lui. Gil le sait. Il est triste je crois. Diane me manque. Elle ne téléphone pas. Je ne peux plus la regarder en cours. Je ne peux plus entendre sa voix. Je suis séparée. C'est comme la peau qui se décolle de la chair. Je n'ai plus d'histoire. Gil appelle quand il rentre d'Uster, à dix-neuf heures. Je crois toujours que c'est Diane. Je suis déçue. Elle nous a vus un matin, sur la route de Gockhausen. Sa voiture roulait vite. Elle ne s'est pas arrêtée. J'ai pensé à la phrase de Marge, « Tu es vulgaire, Marie. » Je me trouve vraiment anormale avec ce garçon que je n'aime pas. Je l'embrasse. Je donne un baiser-monstre. Ce serait si naturel avec Diane. Là ça ne va pas. Je n'ai pas peur. Je suis en retrait. Je n'ose pas quitter Gil. J'attends un signe de Diane. Elle nous regarde au réfectoire. Je sens ses yeux, sur moi. Quelqu'un a écrit sur mon pupitre D+M = Love. J'ai effacé avec ma gomme. Je reste sur la terrasse le soir. J'ai envie de parler à ma sœur, à ma mère ; je ne peux pas. *Wo bist du ?* Il ne se passe rien avec Gil, quelques rires, du roller, le lac, la Bahnhof. Tout est si ennuyeux, Zürich si pâle. J'ai reçu une lettre de Marge. Elle est sortie au Rusty. Elle a rencontré un garçon étrange qui s'appelle Luc. Il habite Paris. Elle pense que je le connais. Il louera la grande maison blanche, cet été, à l'entrée du chemin. Marge dit qu'elle a envie de tomber amoureuse, que ce sera la folie les garçons, qu'on va bien s'éclater. Il y a une nouvelle boîte au-dessus des falaises de la Varde, L'Escalier, on pourra y aller à pied. Saint-Malo me semble si loin. J'en ai tant rêvé. Marge ne pourrait pas comprendre pour Diane. Je lui réponds. Je lui parle de Gil, de ses grands yeux noirs, de sa peau douce, de son beau visage ; je lui parle d'Uster, d'une maison dans les arbres, d'une chambre, d'un disque de Johnny Mathis, des photos de Thaïlande.

99

Le feu est une deuxième mort, dit ma mère. On a attendu notre tour, comme au guichet. Une femme a dit, « Famille suivante. » Elle n'a eu aucun mot pour nous, ni pour ces parents qui ont perdu leur fils dans un accident de voiture. J'ai pensé à toi, Marie, ce garçon avait seize ans, j'ai pensé à ton rire et à tes jolis yeux, j'ai pensé à ta chambre, toujours en désordre, les livres et les vêtements par terre, les canettes de Coca sous ton lit, tes rollers que tu laisses traîner n'importe où, j'ai pensé à ton intelligence, tu as toujours eu les mots justes pour décrire les situations, et là tu dois penser que ta maman est devenue folle ; j'ai pensé à cette fille, Diane, et je regrette, Marie, je regrette ma violence, je ne voulais pas te faire de mal, j'ai cru te protéger, c'est tout, je regrette mes mots, je ne dirai plus ça, plus jamais, tu peux aimer qui tu veux, je n'aurai pas honte, ni de ta chambre ni de ta vie. J'ai eu peur, tu sais c'est difficile de voir son enfant souffrir. Notre tour est arrivé, tout est allé très vite. Le cercueil de Carol a glissé dans un tiroir de feu. Elle a disparu. C'est le bruit qui reste, un coup de hache sur un tronc. La mère du fils pleurait encore dans la petite salle du crématorium. Chacun pleurait son mort et tout s'est mélangé dans ma tête, Carol à la sortie du lycée, toi quand tu t'es cassé la clavicule, ta sœur et sa primo-infection, ton père en Afrique, la robe boubou qu'il m'a rapportée, la poudre du sorcier contre le mauvais œil, l'odeur du lac en été, cette pourriture, la route qui descend à Lugano, étroite et dangereuse, le corps de ma mère qui a porté ses enfants, l'odeur de la maison de Rennes, les roses du Thabor, la rose que j'ai déposée sur le corps de Carol, cette phrase qu'elle répétait, *emmène-moi à Zürich, Helen, emmène-moi*. Je n'ai rien pu faire, Marie, rien. Elle a brûlé. Tu ne peux pas savoir ce qu'il se passe dans la tête alors. Tu imagines, c'est forcé. Les muscles qui fondent. La peau qui noircit. Les cheveux qui crépitent. Tu as chaud. Tu suffoques. L'endroit est sinistre, avec des petits bancs, une rampe pour le cercueil, des murs blancs, une cheminée. J'ai regardé Jean. J'ai voulu le serrer dans mes bras. Il était silencieux, effondré. Aucune peau ne remplacera la peau de Carol. Le feu, le feu, le feu partout. Quelqu'un a allumé une cigarette, puis l'odeur d'essence dans la voiture, la radio, les infos, la garrigue en Provence, les champs en Corse, le maquis sur les hauteurs de Nice, je me suis demandé si j'avais bien éteint le gaz de l'appartement. J'ai laissé un double à Céline, pour les plantes. Les Dupuis ne s'installent qu'en septembre. Ton père va bientôt rentrer. Je ne serai pas à Rennes quand tu viendras. Je dois finir les cartons. Je veux que tu assistes à la cérémonie au cimetière. Je veux que tu me représentes. Ta sœur est rentrée à Paris. Tu prends le relais, Marie. Liz est très attachée à toi, à ses cousins. Vous êtes sa famille. Tu iras à Ferney, ensuite. Ta grand-mère a les horaires de train. Je t'attendrai, Marie. Je t'attends déjà. Tu me manques.

100

Je ne quitte pas Gil, on se quitte, tous les deux, sans rien dire, lentement. Il téléphone moins. On se voit un samedi sur deux. Je ne l'embrasse plus. Aucun mot pour décrire notre histoire. Aucun mot pour y mettre fin. Céline dit que je vais regretter. Molly ne comprend pas. Elle est folle de lui. Je n'ai rien à dire. J'ai étreint un fantôme. Il fait de plus en plus chaud à Zürich. Je me baigne dans le lac. Ma peau devient brune. Le ciel sent les fleurs. Je dors la fenêtre ouverte. Je rêve de Diane penchée sur mon corps. Je rêve de Diane allongée sur le sable. Je rêve de Diane qui me pousse d'une falaise. Gil ne m'en veut pas. Je n'avais rien à lui donner, ni ma peau ni mon amour. Diane m'a tout pris. Et elle prend encore, sans le savoir. J'ai retrouvé les photographies de sa soirée à Uster. Elle sourit, avec cet air qu'elle avait, dans sa chambre, quand elle essayait de m'hypnotiser. Elle avait un manuel sur le sommeil. Elle pensait avoir les yeux. Je croyais avoir assez d'amour pour lui obéir. Je ne me suis jamais endormie. On riait bien alors. Diane voulait connaître mes secrets, le tréfonds de tes pensées, disait-elle. C'est ce regard encore que je surprends dans mon miroir. Je ne me suis jamais réveillée de Diane. Je ne me suis jamais remise de son corps, de sa voix. Je ne suis jamais sortie de nos nuits. C'est le ciel bleu qui fait comprendre. C'est la douceur le soir, assise dans une chaise longue quand je regarde les étoiles. C'est cette chanson de Richard Sanderson, *Dreams Are My Reality*, qui fait surgir le visage de Diane, qui fait monter le désir dans mon ventre, qui fait pleurer de joie.

101

La nuit, j'entends le vent dans les arbres du jardin, ça fait comme une voix qui chante, je pense à Klaus Nomi, à son visage que je n'ai jamais vu sans maquillage, je pense aux cendres de Carol qui voleront avec le vent, au-dessus de la mer, je pense à Antoine avec Harry, je pense à Marge, à Luc. Avant, je n'avais pas peur de mourir. Avant on roulait vite sur le barrage de la Rance, les fenêtres baissées, la musique à fond, *Body Talk*. Avant on dormait sur la plage, près d'un feu, sous des couvertures. Avant, on cherchait des fantômes dans les bunkers de la Varde. J'ai vieilli. Marge m'avait prévenue. On vieillira d'un coup, Marie, à force de fuir, de sortir, de faire n'importe quoi. J'ai vieilli dans ma tête. Luc a quitté la maison blanche. Liz se doute de quelque chose. Julien l'emmènera en voiture à Rennes. On suivra, en train Corail. On fermera la villa. Je fermerai l'été de mes seize ans. Carol a quitté le petit jardin en vie. On la retrouvera en cendres. Je n'arrive pas à y croire. Je n'arrive pas à faire le lien, entre la peau et le feu, entre les os et la poudre grise. Audrey dit qu'on se sent toujours coupable de la mort des autres. C'est un réflexe naturel, parce que c'est difficile d'avoir une vie innocente. Audrey dit qu'on porte notre histoire comme une croix, que c'est dans le sang des hommes d'être enclin à la souffrance. Audrey dit que le feu purifie.

La nuit, j'entends des pas sur le gravier. La nuit, j'entends la mer qui monte. La nuit j'entends les volets battre. La nuit je veille mon propre corps. Tout semble mourir autour de moi.

102

C'est Diane qui appelle, en premier. Elle appelle la nuit. Elle dit, « Je veux te voir, Marie, comme avant, je veux te sentir contre moi, tu me manques, j'écoute nos disques, je n'ai même pas de photo de toi, tu sais, c'est dur en classe de ne pas te regarder, tu m'as fait mal au hand quand tu as changé d'équipe, tu ne veux plus jouer avec moi, Marie ? Je me sens seule, j'ai besoin de te voir à Uster, de t'entendre monter les marches, je ne viens plus à Zürich le week-end, je veux quitter cette ville, tu n'as pas le droit d'être ainsi avec moi, je t'aime, Marie, *te quiero*, je sais que tu ne me crois pas, j'ai changé, souvent on ne se rend pas compte de ce qu'on a, près de soi, j'ai perdu Sorg, je te perds, je ne veux pas, j'ai commencé cent lettres, j'avais peur que ta sœur ouvre ton courrier, comme j'ai eu peur le jour où tu as reçu cette pierre, comme j'avais peur quand tu rentrais seule en train, le soir, je sais que tu me détestes, donne-moi une dernière nuit, Marie, après on ne se verra plus si tu le souhaites, laisse-moi une chance, je veux te retrouver, on ira au restaurant du Dolder, on ira danser au Palacio, on rentrera dormir à Uster, toutes les deux, je vais rattraper le temps, Marie, je vais te donner ce que tu attendais, peu de gens ont ta douceur, peu de gens ont eu ta patience et ce regard sur moi. »

Je dis oui. J'ai rendez-vous avec Diane. Je crois qu'elle a bu avant d'appeler. Je m'endors avec sa voix. Je ne sais pas si je suis heureuse ou si j'ai envie de pleurer.

103

Il y a quelqu'un derrière la cabine du sauveteur, à l'abri du vent. C'est une fille blonde avec les yeux bleus. Elle est assise dans le sable. Elle regarde la mer. Elle n'attend personne. Elle traîne là, comme elle traînait avant, pour tuer le temps. Elle ne répond pas à ma voix. Je lui dis que Carol est morte. Les mouettes crient dans le ciel. Je lui dis que je vais quitter Saint-Malo. Elle tient son sac contre son ventre comme si j'allais le lui voler. Elle allume une cigarette. Elle a du mal avec le vent. Ça ne lui va pas de fumer, comme ça ne lui allait pas d'embrasser une fille à la soirée de Luc. Elle n'est pas comme ça. Elle n'a pas cet amour-là ; elle préfère les garçons ; elle ne sait pas attendre ; elle ne sait pas désirer. Tout va vite. C'est le feu sur le cercueil de bois. C'est le feu sur la peau. Est-ce que les chairs se transforment en huile ? Combien de degrés pour réduire en cendres ? Et les dents ? Et l'iris, si beau ? Et les ongles, vernis ? La fille me regarde. Elle a toujours ses beaux yeux. Elle a toujours ce soleil dans ses cheveux. Je pourrais choisir une chanson pour elle, un tube d'Hervé Villard qu'on aurait chanté toutes les deux, *nous, c'est une illusion qui meurt, d'un éclat de rire en plein cœur, une histoire de rien du tout, comme il en existe beaucoup*. Je tends la main. Elle ne bouge pas. Je prends sa main. Elle la retire. Je lui dis que je suis triste. Elle ne répond pas. Elle se lève. Elle marche vers la mer. Elle disparaît derrière les rochers.

J'ai la preuve, enfin, que Marge n'a aucun cœur.

104

Diane attend, de dos, assise à une table du restaurant du Dolder, dans le jardin. Elle porte sa robe rouge. Elle est arrivée en avance. Je reconnais sa peau avant que le garçon ne me conduise vers elle, je pourrais m'enfuir, il est encore temps, la laisser là, seule, abandonnée. Elle se lève. Elle m'embrasse, fort. Elle me regarde, ma jupe, mes jambes bronzées, mon haut à bretelles. Elle me regarde comme si elle ne m'avait jamais vue. Je fixe mes mains, la nappe blanche, le bouquet, la bougie, le seau à champagne, les ongles de Diane, transparents. Tu me manques. Je suis là. Je pensais que tu ne viendrais pas. J'ai failli ne pas venir. C'est moi qui t'invite, Marie. Il n'y a aucune raison à cela. Diane ne me doit rien. Et Gil ? C'est fini. Ça n'a jamais commencé d'ailleurs. C'était comme le vent dans les feuilles, glacé et désagréable. C'était comme la pluie sur le visage, froide et trompeuse. Je n'ai pas pleuré avec lui. J'ai fait semblant. Nous mangeons à peine. Le garçon nous regarde. Il nous prend pour des sœurs. Diane ne dément pas. C'est plus facile, ainsi, de rester silencieuses, de se désirer. J'entends les voix des autres clients, comme les ailes d'un papillon dans mon oreille. Je reconnais la Princesse du Liecht, avec un homme, son mari peut-être. Elle s'ennuie. L'homme boit vite. L'homme consulte son agenda. L'homme se lève pour téléphoner. La Princesse joue avec la mie de pain. Elle porte une robe blanche. Je suis en noir. Je vois ses sous-vêtements. Je vois ses cuisses aussi, fines, longues, croisées. Je n'aimerais pas être à sa place. Je suis heureuse d'être avec Diane. Elle dit, « Le noir te va bien. » C'est le bronzage qui fait ça. Je suis heureuse. Je pense à Rome, aux terrasses, aux restaurants ouverts. Le Dolder, c'est l'Italie, avec l'odeur des fleurs, avec le champagne, avec Diane, soudain douce. La vie est belle. C'est samedi. On pourra dormir demain. On dansera tout à l'heure. Il fait encore jour. J'ai plein d'argent dans mon portefeuille. J'ai un vaporisateur de parfum, de la poudre, une brosse à cheveux. Diane me trouve différente au lycée. J'ai deux vies. Diane dit qu'elle m'aime. J'ai de la chance. Diane commande des fraises. J'ai vu le film avec Mickey Rourke et Kim Basinger. Diane me fait du pied. Je ne suis pas sa sœur.

Nous descendons en taxi vers Zürich. Il est encore trop tôt pour le Palacio. Nous marchons, au bord du lac, Diane enlève ses chaussures, je garde mes sandales, l'eau sent la mer, le soleil a disparu, la montagne est bleue, il y a des baigneurs en pédalo, une fête dans un jardin, de la musique, *lady in red is dancing with me, nobody here, just you and me*, je pense à Pierre et à Edmond, je pense à leurs corps fragiles et fatigués, je pense à leur dépendance, c'est la haine qui les tient ensemble, la haine de la vie et des plaisirs, ils ne s'aiment pas, ils se dévorent. Je pense que j'ai beaucoup de chance, que le bonheur est rare, qu'il est difficile de jouir des choses, de savoir aimer, Diane a ses chaussures à la main, ses cheveux sont longs et bruns, elle porte des anneaux en or aux oreilles. Je pense à cette gitane qui me faisait rêver, dans sa cage de verre à la foire du Trône, « la Femme Panthère ». Diane est ivre. Je connais ces yeux-là. Je connais aussi ce rire, un peu fou, un peu cruel. Ça lui va bien. Elle n'a pas peur. Elle me prend par la taille. Elle danse sur le ponton. Elle m'embrasse dans le cou. Le lac de Zürich est immense ce soir. Je pense à la chanson de Gainsbourg, *Ah ! Melody, tu m'en auras fait faire des conneries*. Avant je ne savais pas ce qu'était l'amour. Avant je détestais les couchers de soleil. Avant je ne comprenais pas cette phrase : J'ai envie de toi. Ma sœur disait, « Le désir c'est comme quand on regarde un gâteau au chocolat. » Le désir ce soir, c'est Diane en robe rouge que tous les hommes regardent. Le désir ce soir, c'est vouloir posséder ce qui s'envole dès qu'on l'a saisi. Diane est une joueuse. Diane me tient dans sa main. Je tombe, sans lutter. Je n'ai pas peur du lendemain. Diane restera la fille du lac, belle et empoisonnée.

Je trempe mes jambes dans l'eau. Diane mouille sa nuque, ses cheveux. Nous sommes en vacances. Je veux rentrer à Uster. Diane refuse. On doit aller au Palacio. Diane a une surprise. Elle s'assied contre moi. Je pense à la photographie de sa chambre, elle et le garçon, sur la plage en Thaïlande, dans un cadre en forme de cœur. Sorg dit que Diane est faite pour l'amour. Il y a des gens comme ça. On doit les aimer, on doit les haïr, et il s'agit toujours de folie.

Il y a du monde à l'entrée du Palacio, des garçons en costume, des filles en minijupe, des musiciens, des mannequins, des étudiants. Diane n'attend pas. Les gens protestent. Elle répond en allemand. Je la suis.

Sorg a une table réservée à l'année. Diane est connue. On entre vite. Diane me tient par la main. Je ne veux pas te perdre, Marie, plus jamais. Une table nous attend. La table de Sorg, la table de Diane, notre table, avec du champagne. Je n'aime pas être assise en boîte, ça fait vieille ou pute. Le garçon du bar sourit à Diane. No piña colada ce soir, Miss ? Je reconnais les frères Yari, Jane. Ils ne viennent pas me dire bonjour. Mark Olson est aux platines, *It's my life*. J'ai peur de voir Gil. J'ai peur de voir Sorg avec ma sœur. Diane chuchote à mon oreille. Je ne l'entends pas. Je ne veux pas boire. Je pense au lac qui devient noir. Je pense au bruit des bateaux à moteur dans la nuit. Je pense à la Princesse du Liecht dans son appartement. Je pense à Blake Carrington qui a renié son fils homosexuel. Diane veut quelque chose de moi. Quoi ? Diane dit que je suis coincée. Pourquoi ? Diane dit que je ne suis pas capable de l'embrasser. Je ne réponds pas. Un garçon me regarde. Un garçon me sourit. Une fille porte encore des collants. Une fille ressemble à Rosanna Arquette dans *Recherche Susan désespérément*. Moi je ne cherche plus. Je pense au corps d'Isabella Rossellini dans *Blue Velvet*. Je pense que David Lynch doit être un homme gentil. Qu'on ne peut rien lui refuser, ni la violence ni la peau nue. Je pense que cet homme est un génie. Je pense à l'image de son film, les fourmis sur l'oreille. Je pense que Diane pourrait m'arracher l'oreille avec ses dents. Je n'entends pas tous ses mots à cause du bruit, juste Uster, la chambre, une nouvelle voiture, une Mini noire, j'entends Lugano, un hôtel, une piscine sous une verrière, des billets d'avion. Diane est folle parfois. Je ne veux pas partir en voyage, ni l'embrasser. Je ne sais pas si je l'aime encore. Jane me fait signe de la main. Diane m'interdit d'aller la voir. Je me lève. Jane sent bon. Elle regarde Diane. Elle me prend dans ses bras. Je pense que les filles sont folles. Je pense que les filles vont avec les hommes pour ne pas se dévorer entre elles. Je pense que je suis un jouet. Je pense que c'est ma faute. Je pense que je ne sais pas dire non. Je pense que j'adore avoir l'illusion d'être aimée.

Un garçon m'invite à danser. Je ne peux pas refuser. Il est italien. Il s'appelle Guido. Il connaît Diane. Je sens ses hanches. Je sens sa ceinture en cuir. Je sens ses mains. Il essaie de m'embrasser. Je tourne la tête. Je regarde Diane à sa table, *Lady in Red*. Je regarde les coupes de champagne. Je reconnais James le bassiste qui joue avec Céline. Ils boivent ensemble. Diane se penche vers lui. On voit ses seins. Diane attache ses cheveux. Elle est en nage. James a de jolies mains, il est musicien. Je laisse Guido. Je reprends ma place. James se lève. Diane m'en veut. Guido ne te plaît pas ? Non. Tu es difficile Marie. Je pensais te faire plaisir. Je l'ai appelé ce matin. Je lui ai dit que j'allais lui présenter une fille d'exception. Merci Diane, tu oublies. Il aurait pu rentrer à Uster avec nous. J'ai envie de la gifler. Je me retiens. Je ne le montre pas. J'éclate de rire ; Diane, marieuse. Je pense au champ de jonquilles derrière la forêt du Dolder. Avant, mon père offrait des fleurs tous les samedis à ma mère. On mangeait des steaks avec des frites. On regardait les *Thunderbirds* à la télévision. On faisait des crêpes. Avant, un rien me faisait plaisir. C'était ma surprise, Marie. Tu me déçois. Il neige dans ma tête. James revient. Il invite Diane à danser. Elle le suit. Je reste seule. Je les regarde, elle se colle. Elle est contre son sexe. Elle se frotte. Elle s'enroule. Elle se déroule. Elle l'embrasse. Je vois sa langue. Elle le pique. Diane, le serpent. Il l'entraîne au bar. Elle monte sur un tabouret. Elle ouvre les cuisses. Il entre. Il pourrait la pénétrer. Sa robe est fine. Ses jambes sont souples. Elle me regarde. Elle rit. Elle renverse la tête en arrière. C'est mieux, avec le sang. Le sang de Diane, de son sexe à son cœur, de son cœur à sa tête, le sang de Diane dans les veines de ses mains qui prenaient les miennes. Je pense à Madonna, *Like a Virgin*. Je pense à son interview. Elle a dit qu'elle ne voulait pas décevoir son père. Qu'il serait fier d'elle un jour. Je pense à Céline dans le studio où elle m'a présenté James. Je crois qu'elle l'aimait bien. Elle le trouvait beau et mystérieux. Je crois qu'elle a quitté Olivier quand James a répondu à sa petite annonce : « Cherche bassiste pour groupe indépendant. » Je pense que Diane veut être le maître du monde. Elle n'en sera que la maîtresse, chaude et facile.

Je sors du Palacio. Je veux rentrer à Fluntern. Il fait bon. Je n'ai pas peur de la nuit. Zürich est une ville tranquille. Personne ne pourra autant nuire que Diane. Elle appelle, « Marie attends-moi ! Tu es ridicule. » Je m'avance vers elle, je regarde son visage, sa bouche. Je regarde sa robe. Je la frappe devant tout le monde. Je lui donne des coups de pied dans les jambes. Elle se laisse faire. Je ne la gifle pas. Je ne touche pas au ventre, juste deux coups de pied comme je savais les faire à l'école pour me défendre. James arrive. Il nous sépare. Diane me dit de me calmer. Elle me prend dans ses bras. Je pleure. Je me serre contre elle. C'est fini Marie, on va rentrer. James nous suit. On prend le dernier train pour Uster. James est là. Je ne demande pas pourquoi. J'ai perdu. Je ne me défends pas. Diane achète nos billets dans le train. Je regarde ses jambes, elle n'a rien. Je n'ai pas frappé fort. Je suis fatiguée. Je ferme les yeux, elle me tient dans ses bras. Je pose mes pieds sur la banquette. Le contrôleur proteste. Il pourrait dresser un procès-verbal. Diane s'excuse, en allemand. Je ne comprends pas. Elle a dû dire que j'étais gravement malade, un cas désespéré, une pauvre petite, trop sensible, trop amoureuse. Je me sens délinquante. Je me sens perdue dans ce pays austère qui ne me ressemble pas, *alles in ordnung*[1]. Moi j'aime les cris et le soleil, moi j'aime le feu et les danseurs de flamenco, moi j'aime la tauromachie et le sable trempé de sang, moi j'aime la guitare andalouse et les voix cassées. Je ne veux plus ouvrir les yeux. J'entends le nom des petites gares avant Uster. Je sais les champs dans la nuit et le bruit des rails. Diane tient ma main. Diane tend son corps. Je l'entends embrasser James. Il prend sa bouche, sa langue. Ils se fouillent près de moi et je suis déjà loin. Nous descendons tous les trois la petite allée qui mène à la maison. Le garage est ouvert. Il y a une nouvelle voiture. Diane ouvre la porte. Elle ne m'attend pas. Elle a changé de main. James la suit dans sa chambre. Je m'en veux. Je n'aurais pas dû venir à Uster. J'attends dans la cuisine. Je pourrais appeler un taxi. Je reste. C'est mon jour de chance. Je vais enfin me séparer de Diane. Elle m'appelle. Je les rejoins. Diane a allumé le planisphère bleu. Elle a pris dans le bar une bouteille de Bailey's et trois petits verres. James est allongé sur son lit. Viens boire avec nous, Marie. Non, je déteste les liqueurs. Je retire mes chaussures. Je reste au bord du lit. Je les regarde. Diane est excitée.

1. Tout est en ordre.

James raconte sa vie, l'école de musique, les petits boulots, Céline. Diane est attentive. Diane joue. Elle le veut. Elle le veut devant moi. Elle le veut avec moi. Elle boit vite. Je vais chercher de l'eau dans la salle de bains. Je regarde mon visage. La couleur de mes yeux a changé. Je reviens. Ils sursautent. Ils s'embrassaient. Diane a mis un disque de Santana. On est tous les trois sur son lit. Elle est au milieu. J'ai sommeil. Je ferme les yeux. Je pense au fond de la piscine quand j'ai failli me noyer. Je pense à cette force qui m'a sauvée. Mon corps n'obéit plus. Je devrais partir. Je les entends. Je sens la cuisse de Diane contre la mienne. J'entends la main de James qui remonte sa robe. Diane est ouverte. Diane est écartée. Je me lève. Tu peux rester Marie si tu veux. Je quitte la chambre. Je reste dans le salon. Ma tête explose. Je ne sais plus qui je suis. Je regarde les vidéos dans la bibliothèque, *Rebel*, *Written on the Wind*, *La Corde*. Je vais dans le bureau. Il y a un petit lit. J'attendrai le jour, là. J'ouvre la fenêtre. Ça sent les roses et l'herbe mouillée. C'est l'odeur de Diane entre les jambes peut-être. Je me demande pourquoi je suis toujours à côté des choses. Pourquoi je me regarde faire, sans réagir. Je devrais l'insulter. Je devrais renvoyer James. Je lui donne ce que j'ai de plus cher. Je lui donne ce qui m'a tant ravagée. Le soleil arrive vite, par bandes bleutées. Le ciel est beau. C'est mon dernier ciel d'Uster. Diane va jouir. Je ne veux pas l'entendre. J'ai peur de ces cris-là, de cet assassinat. Je ferme la porte à clé. Je pense à la chambre d'hôtel de mon père. Je pense au bruit des avions au-dessus de l'aéroport de Kloten. Je pense au visage de Diane quand je l'ai frappée. Elle souriait.

105

Je quitte Saint-Malo sans dire au revoir, ni à Marge, ni à Rémi, ni à Antoine. J'ai fermé les volets verts. J'ai coupé le gaz. J'ai pris toutes mes affaires. Je suis descendue une dernière fois sur la plage, j'ai regardé la mer, la digue, les falaises de la Varde, l'île de Cézembre après la brume. Je sais que je ne reviendrai plus jamais au Pont. J'ai appris beaucoup de choses ici. Je dois les appliquer, désormais, dans la vraie vie. Ce n'est plus l'été. Ce n'est plus les vacances. Nous prenons le train Corail. Je suis la route de Rennes, comme Carol la suivait le jour de mon anniversaire. Je n'irai pas à la clinique. Je ne vais pas mourir. Pourtant je me sens malade. Je suis malade de moi-même. Je suis mon propre cancer. Diane m'a trahie. Marge a disparu derrière les rochers. Je ne veux pas voir Carol en cendres. Il n'y a rien dans cette urne, ni son beau visage, ni ses cheveux blonds que le vent faisait voler, ni sa voix qui criait, en Méhari. C'est juste le travail du feu. C'est un autre incendie. Ce n'est pas la jeune femme en jean, en tee-shirt blanc, qui portait un foulard autour de la gorge, des créoles et KL de Lagerfeld. C'est une erreur. Carol doit vivre encore, ailleurs, cachée, dans un sous-sol de la clinique, en Amérique latine. Carol se sera enfuie pour nous faire une farce. Carol écrira une carte postale, « Tout va bien. Les vagues sont magnifiques. Je fais de la plongée sous-marine. Je vous embrasse tous. Ne vous inquiétez pas pour moi. » On dit que le chirurgien a quitté la clinique. Il n'est jamais revenu après le décès. On dit que les infirmières ne voulaient pas la soulager. On dit que les gens du feu sont inhumains. On dit que personne n'a trouvé les mots pour soutenir la famille. On dit qu'on devient vite un chien et un fils de chien quand on meurt. On dit que notre société n'aime pas ses morts. On dit que c'est mieux en Inde, que les bûchers sont dans la rue, qu'on s'habille en blanc, que des fleurs de lotus glissent sur le fleuve et transportent l'âme vers son destin.

106

J'ai quitté Uster par le premier train. Je ne voulais pas les voir ensemble, Diane et James, au petit déjeuner. Je n'ai rien dit à ma sœur, ni à ma mère. Je devais faire une drôle de tête quand je suis rentrée à la maison, plus tôt que prévu, avec mes yeux très clairs. Elles ne m'ont rien demandé. Elles n'ont pas osé ; je n'ai pas appelé Diane pour m'excuser des coups de pied. Je n'ai pas à le faire d'ailleurs. C'est elle qui m'a battue ; c'est elle qui m'a humiliée. Elle n'a pas téléphoné non plus. Je ne l'aurais pas prise. Je suis restée enfermée chez moi jusqu'à la fin du week-end. J'ai refusé de voir Céline. Ma sœur est allée faire de la barque avec Sorg, les Dupuis ont invité ma mère à prendre le thé. Je suis restée sur la terrasse ; j'ai coupé les fleurs, j'ai regardé le ciel, j'ai détesté Diane et son odeur, Diane et sa voix ; j'ai détesté James et ses boucles blondes, James et son jean troué de musicos ; j'ai écouté un vieux disque de George Benson, *In Flight*. Moi aussi je me suis envolée. J'ai écrit à mon père. Je lui ai demandé de rentrer. J'ai fumé une bidis que Céline m'avait laissée. J'ai insulté Diane dans ma tête, pute, garce, salope ; j'ai cherché mille vengeances, embrasser Sorg, dormir avec Jane, séduire James ; j'ai pensé à sa peau. Je n'ai pas tout de suite eu honte de ma violence. J'ai pensé qu'elle la méritait. Puis mes gestes sont revenus, mes coups de pied, puis sa voix est revenue, « Calme-toi, Marie », puis les mains de James sont revenues, longues et fines assez fortes pour nous séparer. Et j'ai eu très peur. Je n'ai pas eu peur de moi, mais de Diane. Elle répétera notre soirée. Elle déformera. Elle s'en servira. J'ai manqué les cours pendant une semaine. Je vomissais tous les matins. J'ai dit que je crachais du sang. On a cru que j'avais la tuberculose. Un médecin est venu. Il a touché mon ventre, il a écouté mes poumons. Il a dit, « Tout va bien, jolie jeune fille. » Je suis restée au soleil. J'ai bu des litres d'orangeade. Je n'avais plus la nausée. Ma sœur, elle, avait des yeux bizarres sur moi.

107

Je suis dans la maison de Rennes. Je prends la chambre de ma mère, au dernier étage. Elle a oublié un foulard qui a encore son odeur. Je le pose sur mon visage. J'ai mes gestes d'enfant. Ma sœur répétait souvent, « Grandis, Marie, ce sera dur sinon, si quelqu'un meurt autour de nous ; on doit être fortes et solidaires. » Carol est morte. Je suis une femme. J'ai besoin de l'odeur de ma mère. C'est comme les prisonniers avec leur tatouage au bras, *maman je t'aime*. Quand nous habitions rue Saint-Charles, ma mère m'appelait son petit « Cœur de rocker » à cause de la chanson de Julien Clerc. Elle disait que ça m'allait bien. Cette chanson me ressemblait. J'étais dure à l'extérieur et un vrai caramel à l'intérieur. La maison sent bon le café et les tartines grillées. La maison est le refuge, avant de voir Sybille, Liz et Jean, avant d'aller à la cérémonie, avant de voir la chambre de Carol, ses photos, son salon, ses affaires. Nous allons lui prendre tout ce qu'elle avait, par notre seul regard, par notre seule présence. Nous allons devenir des voleurs. Je vais perdre mes mots. Je vais perdre mon courage. La mort démasque. Je regarde Julien par la fenêtre. Il fume dans le jardin près du mur où montent les framboises. Il porte un costume gris et une chemise blanche. Il fait encore chaud à Rennes. Nous allons rester ici quelques jours, jusqu'à la cérémonie. Les cendres sont en sécurité. Elles sont avec Jean. Dans sa chambre ? Cachées ? Près de Liz la nuit ? La maison sent le bois ciré et le parfum des roses. Je descends. Audrey est dans le salon, près du piano. Elle a envie de jouer. Elle n'ose pas. C'est ma grand-mère qui joue, Chopin. Je regarde son visage, penché sur ses mains, son air triste, son corps qui a perdu un enfant. Je ne la connais plus.

108

La forêt de Gockhausen sent les fleurs. On se prépare à recevoir Turin. On a changé le filet de volleyball, le proviseur a acheté des nouveaux bancs, il y aura une fête dans la salle du réfectoire. Le proviseur m'a parlé. Il est content de moi. J'ai fait des progrès. J'ai toutes mes chances pour passer en première. Je vais faire une section littéraire. Karin dit que c'est pour les fainéants, que ça ne fait pas sérieux de lire toute la journée. Je ne sais pas si Diane est encore avec James. Céline ne m'a rien dit. Je vois Sorg, parfois, à la sortie du lycée, en Austin. Diane change de place quand je m'assois près d'elle. Je crois qu'elle a peur de moi et moi je suis sûre que j'ai peur d'elle, de son corps qui court autour du stade, de sa voix qui récite un poème, *L'Albatros*, de son parfum, Opium, dans les couloirs. Je ne pourrai plus la frapper. Je ne pourrai plus l'embrasser. Je n'arrive pas à lui parler ni à lui téléphoner. Je ne connais plus les horaires d'Uster. Je ne descends plus à la gare. Je fais de la moto avec Céline. Elle apprend à conduire debout. Elle veut s'acheter une moto de cross. Elle s'entraîne dans les sentiers derrière le lycée. J'ai honte de moi. J'aimerais bien lui raconter ma nuit au Palacio. Je n'ose pas, à cause de James, ses boucles blondes, sa façon de jouer, son talent, sa voix au micro parfois. Il sait tout faire. Il pourrait chanter. Moi c'est Diane qui me faisait chanter. Elle reste dans l'hiver. Je ne vois plus son visage. Le parfum des fleurs a tout pris. Le bleu du ciel me transforme. J'ai envie de danser, avec un garçon, avec une fille, seule, pieds nus. J'ai peur de devenir comme elle. Diane a un pouvoir de contagion. On est toujours la salope de l'autre. Gil m'évite. Gil m'en veut. Il dit que je l'ai humilié. Il dit que j'ai un air méchant, que je deviens hautaine et mystérieuse. Je retourne au bord du lac. C'est encore le visage de Diane qui sourit sous l'eau. C'est encore sa voix qui demande, *tu ne m'aimes plus, Marie ?* Je ne l'ai jamais autant aimée. Je suis folle de nos souvenirs. Je suis folle de ses mensonges. Je ferme les yeux. Je pense à une autre Diane, façonnée à mon image, douce et fidèle, modifiée par tout l'amour et toute la force qu'elle m'inspirait. Elle n'est plus rien désormais, juste un visage devant moi, muet, juste un corps, privé de mon désir. Je crois que je me suis aimée à travers elle. C'est moi que j'ai frappée cette nuit-là. C'est moi que j'ai battue. C'est ma propre histoire que j'ai ruinée. Diane s'en remettra. Diane a l'habitude. Moi je suis sans expérience. Marge a dit que je n'avais plus la même voix au téléphone. J'ai répondu que mes yeux aussi avaient changé, qu'il faudrait me montrer à un spécialiste.

109

Avant on aimait bien se faire peur dans la maison de Rennes, on montait au grenier, on fouillait les armoires, on se cachait aux étages, on croyait aux fantômes. C'est une vraie peur qui me prend cette nuit, dans la petite chambre sous les combles, dans le miroir, sur mon visage, la peur de fuir le regard de Jean, de ne pas entendre la voix de Liz, *ma maman est morte*, de ne pas pouvoir aider Sybille. La peur de regarder les cendres, de regarder la famille, les amis, les tombes du cimetière de Rennes, la grille noire, les allées, les pierres de granit, la peur du silence, du ciel, la peur d'avoir un fou rire nerveux comme à l'enterrement de notre arrière-grand-père, avec Julien. On était trop petits pour comprendre : le cercueil qui descend, la corde, le signe de croix. C'est indigne de vous, avait dit Nikie, c'est lamentable, vous ne respectez donc rien ? Toutes les morts s'appellent. Toutes les morts se répondent. Et ça revient ici, avec le bruit de l'horloge, du bois des escaliers, des oiseaux pris dans le lierre du jardin. Ma sœur dit que le lierre est le lit des rats. Je ferme ma fenêtre. Je dors habillée. Je ne veux pas voir la nuit. Je ne veux pas sentir les bêtes entre mes cuisses. Je déteste la fourrure et les ours en peluche. Je n'ai que le foulard de ma mère pour me rassurer. Je n'ai que mes seize ans contre mon enfance. Je n'ai que mon corps pour me couvrir. Je me tiens dans mes bras. Je me caresse les cheveux. Je suis la dernière personne à m'aimer.

110

Je ne téléphone pas à Diane. Je ne veux pas m'excuser. Je n'ai rien fait. Elle est coupable de tout, même de ma violence. James doit me prendre pour une dingue. Je n'ai pas honte. Diane le quittera vite. Elle déteste les faibles. James avait peur dans le train. Diane disait parfois qu'on était un danger l'une pour l'autre, comme deux feux qui se croisent. On était électriques. La nuit, je dors avec la fenêtre ouverte. Je regarde le ciel, les étoiles, je pense à sa chambre, au planisphère qu'elle laissait tourner jusqu'au petit matin. Diane fuyait toujours quelque chose, Sorg, la nuit, Vienne, sa mère en voyage, moi. Il fallait s'étourdir, oublier. Elle disait, « Tu as des yeux étranges, Marie. » J'avais son regard, plein de haine et de désir. Diane m'accusait de ce dont elle souffrait. On s'aimait et on détestait s'aimer.

Je compose parfois son numéro. Je raccroche avant sa voix. J'ai failli lui écrire une lettre. Les mots venaient en désordre, reliés entre eux par une seule phrase, *Je t'aime, Diane*. J'ai tout déchiré. C'était stupide et hollywoodien. Diane ne sera jamais Robert Redford dans *Nos plus belles années* et je n'aurai jamais la voix de Barbra Streisand. J'ai conscience du temps sur moi, de cet hiver long et froid, de mes voyages à travers les champs de neige. Je sais que je m'en souviendrai toute ma vie. C'est peut-être ça l'adolescence, c'est se voir vieillir avant d'être vieux. C'est bientôt les grandes vacances. Diane ne sait pas que je vais quitter Zürich. Elle l'apprendra de Sorg. Il voit ma sœur. J'ignore la nature de leur relation. Ma sœur a un peu changé, elle porte Opium et des robes échancrées ; elle danse pieds nus sur la terrasse, elle regarde le lac, avec un air triste. Elle sort tous les soirs. J'ai trouvé dans son sac l'adresse de Diane à Uster, écrite sur un carton du Palacio.

111

Ma grand-mère a installé une grande table dans le jardin, près des roses. On a ouvert le parasol. On a acheté un poulet, des tomates en grappe, du vin et du fromage. Je pense au jour de mon anniversaire. Mes cadeaux sont dans ma valise. La mer est loin. Saint-Malo n'existe plus. Carol n'est jamais rentrée vivante de la clinique. Ma sœur appelle de Paris. Elle se sent étrange, traversée par les événements. Éric ne l'a pas reconnue sur le quai de la gare. Elle est triste et silencieuse ; elle se sent perdue aussi. Les trajets en bus, l'odeur de la clinique, le visage de Carol faisaient comme des repères. Elle est sans été. Elle est encore dans l'attente. La mort n'existe pas, parfois. Elle n'atteint pas le cerveau. On croit au rêve alors. Ma sœur ne veut pas se réveiller. Je pense à Marge qui doit préparer sa rentrée. Je pense aux villas, au gravier trempé. Je n'ai pas entendu les tourterelles dans les sapins quand j'ai fermé le portail à clé. Je n'ai pas regardé la maison blanche quand nous avons quitté le chemin. Il fait chaud à Rennes. Ça sent la ville, l'essence, le goudron chaud. Je reste sous le parasol. Je n'aime plus le soleil sur ma peau, ni le parfum des fleurs, ni cette douceur dans l'air qui faisait battre le cœur, avant. Nous sommes en deuil. Le petit chien est allongé sur une bande de soleil. Son ventre se soulève vite. Ma grand-mère dit que les chiens sentent tout, qu'ils ont des larmes dans leurs yeux. Ma mère va quitter Zürich. Elle a réservé une chambre avec deux lits au Méridien de Ferney-Voltaire. Les meubles attendront dans un hangar de la Sernam. Moi j'attendrai mon père dans une ville que je ne connais pas.

Dans une petite boîte en bois, les cendres de Carol attendent de s'envoler au-dessus de la mer. Le ciel est bleu et j'aurais préféré la pluie. L'été ne va pas avec la mort.

112

La fille de Turin a téléphoné pour donner son horaire de train. Elle a une jolie voix cassée avec un accent. Ma mère a changé les rideaux de ma chambre, trop rouges. La fille dormira dans mon lit, moi sur le canapé. Quand elle a appelé j'ai cru qu'elle annulait tout. Je ne veux pas la voir. Je n'aime pas sa photographie. Je ne veux pas lui céder ma chambre. Ma mère dit que je ne suis pas généreuse, que c'est bien de partager, qu'elle m'a trop gâtée. Je dois cacher mes lettres. Marge m'appelle tous les soirs, « Tu me manques, Marie, tu arrives quand à Saint-Malo, j'ai cru voir ta grand-mère au Pont, et ce Gil ? On va s'éclater cet été. » J'aime bien Marge parce qu'elle est heureuse. J'aime bien Marge parce qu'elle me trouve magnifique. J'aime bien Marge parce qu'elle est blonde et sans danger pour moi. Julien mon cousin m'a appelée hier. Il a eu son permis de conduire. Fini le stop, Marie, à nous la route de la Rance, les fenêtres baissées, le vent dans les cheveux. J'ai hâte de partir. J'ai fait ma réservation pour Saint-Malo. Quinze heures de train, quinze heures pour effacer le visage de Diane qui surgit, encore, quand je regarde le lac, la montagne, le soleil rouge des premières nuits d'été. Elle ne vient plus en cours. Céline l'a vue près du lac avec un jeune homme qu'elle ne connaissait pas. Céline a voulu lui dire bonjour. Diane a fait semblant de ne pas la reconnaître. Je ne comprends pas, dit Céline, je me suis approchée, elle a juste fait non de la tête, comme si elle ne s'appelait plus Diane. J'ai dit à Céline que Diane resterait toujours Diane. On ne change pas son sang.

J'ai une méthode pour moins souffrir. Je l'imagine pâle et défigurée.

113

Le cimetière n'est pas loin de la maison. Nous y allons à pied, les uns derrière les autres, en noir. Je retrouverai Liz là-bas. Audrey dit que Sybille ne viendra pas. C'est insupportable pour elle. Elle a fait une crise de nerfs. On lui a fait une piqûre de calmant. Elle ne veut pas assister à la cérémonie. Elle partira en voilier avec son père. Audrey dit qu'elle est triste et furieuse. Elle n'a pas compris. Sa mère dans le jardin, assise sur l'herbe, sa mère en cendres. Carol ne voulait pas que ses filles viennent la voir à la clinique. Elle avait peur de s'effondrer. Audrey dit que chacun réagit à sa façon dans le malheur. Il n'y a aucune règle à ça. Nikie dit que c'est mieux ainsi, elles ont gardé une image intacte de leur mère. Je me demande ce qu'est une image abîmée. Je me demande à quel moment on considère le corps et le visage gâchés. La grille noire du cimetière est ouverte. Il y a un attroupement près de la petite chapelle. Nous traversons les allées, comme dans un village. Je regarde les tombes, les fleurs, Repose en paix, À jamais dans notre cœur, je regarde des ouvriers qui creusent la terre, je regarde ma grand-mère, de dos, en tête du cortège. J'entends, Marie, Marie ! Liz court vers moi. Je la serre dans mes bras. Sa mère est morte. Petite Liz, son visage n'a pas changé. Tu viens à la maison après ? Oui ma chérie.

Je prends sa main. C'est elle qui me porte. C'est elle qui me conduit vers sa mère. C'est elle qui a toute la force que je n'ai pas ; l'enfant, l'enfant-magnifique, l'enfant qui ne sait pas. Ma mère est dans la boîte. Je ne dis rien. Je pense à Carol dans les vagues. Je pense à sa phrase, le jour de mon anniversaire, *tu es une vraie petite femme, Marie*. Je pense à mes trahisons, Marge, Diane, je pense que je suis coupable de tout, que je n'ai jamais su choisir, que j'aurais pu embrasser Antoine devant Harry. Liz tourne autour de moi, comme à la plage, comme à la villa quand je prenais le soleil dans le jardin. Liz joue. Liz est petite. La mort n'est rien. La mort est tout. La mort de sa mère reste sans mots. Audrey vient près de moi. On regarde les gens, la famille, les voisins, les amis. J'entends une voix qui parle de Carol. J'entends les cloches de Notre-Dame-d'Afrique. J'entends le manège du Thabor tourner. Je pense à *La Charrette fantôme*, le film avec Louis Jouvet. J'entends Marge, « Tu as changé, Marie, tu me regardes et tu ne me vois pas, tu m'entends et tu ne m'écoutes pas, tu crois et tu ne sais pas. » J'entends ma mère, « Je n'ai pas pu rester, Marie. Je suis partie après l'incinération. Je me suis évanouie dans le train. Ça ne va pas, madame ? J'ai dit, Ne m'appelez pas madame, je suis petite, je suis Helen, je suis *petite mère*. »

114

Je regarde ma sœur se préparer, le séchoir à cheveux, l'huile sur la peau, la robe noire, le collier fin, le rouge et le Ricils. Ma sœur sort, encore. Elle ne m'invite jamais. Elle voit Sorg. Ils ont rendez-vous en bas de la maison. Ma sœur me demande de lui parler de Gil. Je dis qu'il ressemble à Gregory Peck et qu'il embrassait bien. Elle veut savoir pourquoi ça n'a pas marché. C'est l'ennui, comme d'habitude. Ma sœur ne comprend pas. Tu es bizarre, Marie, soit tu n'as pas de cœur, soit c'est un autre problème. Je pourrais lui parler de Diane, de son odeur, de la douceur de son ventre, de la finesse de ses mains, des ordres de sa voix. Ma sœur ne comprendrait pas. Je pourrais lui demander pourquoi elle a l'adresse de Diane dans son sac, si elle est déjà allée chez elle, si elle a vu le planisphère et les champs d'Uster. Je pourrais lui demander pourquoi elle a changé de parfum. Je connais sa réponse. Ma sœur adore Saint Laurent, l'élégance, les parfums de femme, ceux qui restent sur la peau qu'ils ont touchée. Ma mère portait Empreinte de Courrèges. Les femmes veulent laisser une trace. C'est une forme de cruauté. Je la regarde. Elle semble heureuse. Je ne dis rien. Je monte le son de la chaîne hi-fi, *Smooth Operator*, je pense à Sade, la chanteuse, à ses cheveux tirés, à ses lèvres, à ses yeux, je pense que je pourrais embrasser cette femme, je pense que Diane n'est plus au centre de mon désir, je pense que je me laisse facilement déborder par la beauté. Je pense que c'est une grande faiblesse. Je vais sur la terrasse, *Why Can't We Live Together ?* Je regarde le lac, l'église de Fluntern, la Hochstrasse, je vois une Mini noire décapotable à l'entrée de notre immeuble, Sorg est au volant ; je reconnais le corps de Diane sur le siège passager. Elle relève la tête. Elle me voit. Elle me sourit. Je la regarde. Je rejoins ma sœur. Je lui dis que Sorg est arrivé. Elle semble gênée. Je l'accompagne à l'ascenseur. Elle sait.

115

Je vais dans la maison de Carol. Jean est sur le perron. Il est parti, vite, après la cérémonie. Il ne marchait pas droit. Il ne pourra pas vivre sans elle, dit Audrey. Il l'adorait. Le jardin est beau. La cuisine est encore en travaux. Il y a des photos de Carol partout. Sybille est dans sa chambre. Je l'embrasse. On ne se dit rien. Liz me demande de jouer avec elle. Je la suis. La porte de la penderie est ouverte. Je reconnais la robe que Carol a achetée à Zürich. Jean a gardé quelques affaires. Liz a des poupées avec des cheveux longs. Elle va dans la salle de bains. Elle revient avec des épingles à chignon. Je peux les prendre, c'est à maman. Elle n'en aura plus besoin. La mort a pénétré l'enfance. Liz a sa tristesse, sa douleur. Il faut retenir les larmes. Il faut faire comme si de rien n'était. La mort est un secret. Elle dévore, de l'intérieur. L'enfance aussi se meurt, comme un petit cadavre sur l'eau, trop loin de la rive, qu'on n'arrive plus à rattraper. Je pense à mon corps. Je pense à la vie. Je pense à cette immense peur que nous avons tous, enfouie. Je pense que nos jours sont comptés. Je pense que vivre c'est toujours oublier. Je pense que les amnésiques sont comme des enfants. Je pense qu'ils croient en l'éternité. J'aimerais bien oublier. Je joue avec les barrettes de Carol. Je joue dans la chambre de Liz. Jean a fait du chocolat et des tartines grillées. Le soleil entre dans la maison. Il fait chaud et j'ai froid. Avant, quand ma mère voyageait, mon père préparait mon chocolat. Il y avait toujours trop de lait. On pense, à tort, que tous les enfants aiment le lait. Carol en buvait encore, dans un grand verre, d'un coup. Ça me donnait la nausée. Je reconnais une photographie, dans le Niederdorf. Je vois Diane. Je vois son visage qui rit. Je la vois marcher près du lac, en robe rouge, avec ses chaussures à la main. Elle me manque. J'aimerais lui téléphoner. J'aimerais savoir si elle a déjà eu peur de mourir.

116

Ma mère est sur la terrasse, elle regarde le lac. Il y a des voiliers et des bateaux à moteur. On mange dehors. Je pense que l'Italienne aimera ma chambre. Ma mère se retourne. Elle pleure. Il faut qu'on parle, Marie. Moi je n'aime pas cette phrase. Moi je n'aime pas parler. Moi je préfère fuir les problèmes. Moi je mets ma tête sous l'eau. Ma mère crie. Je ne comprends pas tout de suite. Ma sœur arrive. Elle crie, elle aussi. Je pense à mon père. Je suis seule contre deux femmes. J'entends, « Tu ne peux pas nous faire ça, Marie. Tu as quoi dans la tête ? Tu es comme ça alors ? C'est vrai ? Je ne voulais pas croire ta sœur. Elle avait des doutes avec les lettres de Marge, déjà. Mais là, c'est trop, Marie, trop. » Je ne dis rien. Je regarde le visage de ma mère. Elle est détruite. J'ai envie de rire. Diane a parlé à ta sœur, Marie. Elle lui a tout raconté. Elle dit que tu es homosexuelle. C'est vrai ? Réponds-moi. Je veux juste savoir, Marie. Ce n'est pas grave en soi, je veux juste comprendre.

Je ne dois rien à personne. Je ne suis pas coupable. Je ne suis pas malade. Je suis en pleine forme. Mon cœur bat. J'ai bonne mine. Je cours longtemps. Je suis résistante. Je ne suis pas triste de voir ma mère pleurer. Je ne suis pas déçue non plus. Toutes les mères ont peur de l'amour. Toutes les mères veulent garder leurs filles. C'est l'esprit de famille. C'est le clan des peaux. Diane a peur de toi, Marie. Elle dit que tu es folle et difficile. Elle dit que tu entraînes les gens dans les mauvais coups. Je pense à la neige qui tombe dans l'eau. Je pense à la montagne qui monte vers le ciel. Je pense à la lame des patins sur la glace. Je pense à Mark Olson qui sait danser le smurf. Homosexuelle. Ce mot ne dit rien d'Uster, de la musique, de la chambre, des arbres qui nous protégeaient. Ce n'est pas vrai. Elle a menti. Elle aime bien mentir. Elle est comme ça, Diane. On s'est disputées, c'est tout. Ce n'est rien, l'homosexualité. C'est un mot inventé. C'est dans la nature de chacun. C'est une affaire de peau et de rencontre. C'est comme dire : Bonjour madame, debout ou couché ? Sous ou sur votre mari ? C'est bien plus grave de tomber amoureuse, d'avoir la tête qui tourne, de ne plus dormir, de vouloir se jeter de la terrasse. Ce n'est rien cette définition médicale. Je ne sais pas pourquoi ma sœur a parlé. Pour me protéger sans doute. Je ne suis pas en danger. Je suis sauvée. Je sais aimer. Je vois Diane, d'ici, sur le ponton du Palacio, en robe, avec une coupe à la main, avec son sourire, avec ses yeux. Je l'entends. Je pourrais aller à Uster l'insulter, l'embrasser, la battre, la soigner. Je reste. Ma mère se calme. Je ne veux pas que tu souffres, Marie. Ma mère se trompe. J'ai beaucoup d'amour en moi. C'est une qualité. C'est une vie réussie déjà. J'ai envie de danser. J'ai envie d'embrasser la pochette du disque de Sade. J'ai envie de boire du champagne. Je suis libre.

117

Je prends la place de ma sœur, à Rennes. Je l'appelle le soir, je lui dis que Liz m'a demandé ce qu'était la mort, ce qu'on devenait après. J'ai dit, « Après il y a un grand jardin avec des fleurs et des arbres, après, c'est toujours l'été, après on se retrouve, tous, ensemble, après c'est encore mieux que la vie. » J'ai dit ce que j'aurais voulu entendre enfant. Moi j'avais ces mots : après c'est la terre et la poussière. Après c'est comme avant de naître. Après ce n'est plus rien. Après, c'est bien parce qu'on ne se rend plus compte. Ma sœur viendra me voir à Ferney. Elle a trouvé un appartement, rue Vavin, à côté du jardin du Luxembourg. Liz a pleuré quand j'ai quitté sa maison. J'ai marché dans les rues de Rennes et j'ai eu une grande angoisse. J'ai appelé Marge d'une cabine téléphonique. Personne n'a répondu. J'ai voulu appeler Diane mais je n'avais pas assez de monnaie pour la Suisse. Il y a eu un orage. J'ai marché sous la pluie. J'ai pensé à l'été 76, on ne savait plus où se mettre à cause de la chaleur, disait ma mère. J'ai pensé que je ne savais toujours pas où mettre mon corps, que c'est une grande leçon, la mort, que c'est un avertissement, qu'il faut vraiment vivre avant la terre ou les cendres, avant le ciel ou le vide. J'ai pensé qu'on ne pense plus à la mort quand on tombe amoureux. Que c'est la seule façon d'oublier. Que tout le corps est vigilant alors, que le sang est à son maximum et qu'il ne peut rien arriver.

118

Je vais à la gare avec Céline pour chercher la fille de Turin. Il y a du monde sur le quai, les familles qui accueillent, les frères Yari, Jane, Karin, des gens que je n'ai jamais vus au lycée. On a des pancartes avec le prénom de l'invité, la mienne s'appelle Julia. Le train arrive à l'heure. Quand je suis allée prendre mon billet pour Saint-Malo, un train ne s'est pas arrêté, il s'est soulevé, dans un grand nuage de poussière. J'ai eu très peur à cause du bruit puis des cris des passagers. Le soir aux informations, on a dit qu'il y avait eu quelques blessés légers, que ç'aurait pu être bien plus grave ; je me suis dit que c'était un mauvais présage pour mon été, puis j'ai oublié. Ma mère dit que ce n'est pas bien la superstition, il faut croire en soi, il n'y a aucun signe magique dans la vie. Moi je ne crois pas. Je sais que le ciel parle avec la terre parfois. Je sais qu'il n'y a pas de hasard. Les Italiens descendent du train en chantant, *forza Italia, forza Italia*. Les frères Yari accueillent deux beaux garçons, je pense à Diane. Je pense à ses lèvres qui s'ouvrent, je pense à ses cuisses qui se soulèvent. J'ai déchiré toutes les photos d'Uster, j'ai brûlé ses lettres, j'ai arraché son numéro du répertoire. Je le connais par cœur. Je ne sais pas si je lui en veux. Je pense qu'elle a voulu séduire ma sœur. Je pense qu'elle l'a piégée. Parfois on détruit ceux qu'on aime. Diane fait partie de ces gens-là ; elle en avait assez de donner. Elle ne pouvait plus. Je crois que Diane a de la haine en elle. Je crois que c'est une vraie folie de faire du mal aux autres. Je crois qu'elle a du plaisir à ça, même de la jouissance. Céline veut emmener l'Italienne sur sa moto, ça fait classe. Céline me fait rire. Elle a dit à ma sœur que j'aimais les garçons. Elle a dit que Gil était trop jeune pour moi. Elle a dit que j'épouserai un jour un homme plus âgé pour retrouver mon père. Julia est plus jolie que sur sa photo ; elle a les cheveux bouclés et la peau très blanche. Elle vient du nord de l'Italie. Elle a un grand sac de sport et des tennis Stan Smith. Elle dit bonjour avec un accent et je ne sais pas quoi répondre. Céline dit que je suis timide avec les filles, que c'est vraiment pathétique d'être figée à ce point-là. Je porte le sac de Julia, elles marchent devant moi vers la station des trams. Je pense à ma chambre, j'espère qu'elle aimera. Je pense à la terrasse et aux chaises longues, je pense au lac et à la montagne, je pense que tout peut changer selon les personnes qu'on fréquente. Dans le film avec Jane Fonda, son amie, jouée par Vanessa Redgrave, s'appelait aussi Julia.

Jean partira en bateau avec ses filles. Ils navigueront vers les îles Britanniques. Jean attendra que le jour se lève avant de répandre les cendres. Il faudra un beau ciel bleu et un beau soleil. Il faudra une grande douceur pour accueillir l'âme de Carol et la conduire vers son destin. Ce ne sera plus la mort. Ce ne sera plus le feu.

C'est la voix de Carol qui revient dans ma tête, ce sont ses cheveux et ses yeux, c'est son rire quand elle se baignait dans les vagues. Carol sera dans la main de Jean, dans le ciel, sous la mer. Carol sera au bord de l'eau, debout. Carol sera derrière les rochers. Carol sera dans les bandes roses des couchers de soleil.

Tant que nous restons en vie, les morts ne meurent pas.

120

Julia pose ses affaires dans ma chambre. Elle prend une douche et se change pour le match de volley. Je suis avec Céline sur la terrasse. On a le fou rire. Ma mère a dressé la table dehors pour le déjeuner. Ma sœur dit que je glousse comme une poule et que je n'ai aucune maturité. Céline me donne mon cadeau d'anniversaire en avance. C'est un bracelet en turquoises comme celui de Yannick Noah. Je l'embrasse, elle rougit. Julia a les cheveux mouillés et un survêtement blanc. Ma mère est douce : Vous pouvez appeler vos parents. Julia refuse, elle se sent en vacances. Le lac est beau, il brille. Elle aime la vue, les trams, le silence de la Suisse. En Italie les gens parlent fort et conduisent vite. Ici tout semble glisser et disparaître derrière les portes fermées. Zürich est une ville tranquille, dit-elle. Je ne le crois pas. Je joue la première mi-temps. Je ne sais pas si Diane va venir. Elle est dans l'équipe des remplaçants. Il y aura une fête ce soir, à Gockhausen. Les Italiens repartent demain. C'est un voyage éclair, assez long pour ne pas oublier Julia, ses petites dents blanches, ses longs cils, sa main qui remet ses cheveux en arrière. Céline choisit un disque, Elton John, *Blue Eyes*. On ouvre une bouteille de cidre. Julia boit vite. J'ai chaud dans mon corps. Ma sœur fume, la tête en arrière ; je ne lui en veux plus. Notre famille se reconstruit vite ; c'est chimique. C'est comme le lézard qui recolle ses chairs séparées. Rien ne peut briser. Ni Diane ni personne. Je dois me changer. J'ai des cuissettes blanches avec un bord bleu et un polo. Ma mère nous conduit au lycée. Il y a une banderole entre deux arbres : « Bienvenue Turin ». Tous les professeurs sont là. La forêt sent bon. Les arbres sont en fleurs. Je vois Jane et son Italienne, une blonde, je vois les frères Yari avec les deux garçons. Je cherche Diane. C'est plus fort que moi. Julia parle bien français. Elle me demande ce que je veux faire plus tard, dans la vie. Je ne sais pas. Vivre, c'est beaucoup déjà, non ? Je la fais rire. Elle retrouve ses amies. Elles me regardent. Je descends aux vestiaires. Je vois Astrid. Elle a retrouvé son visage. On ne voit presque rien, juste de fines cicatrices. Elle a son œil. Ils l'ont opérée trois fois. Ils ont gagné deux points d'acuité. Je la serre dans mes bras. Je lui dis, « Pardon. » Elle ne comprend pas. Elle me dit que Diane est venue à l'hôpital, souvent. Elle lui apportait des fleurs, des chocolats. Elle était étonnée de cela. Moi aussi. Je ne suis pas venue. Ce n'est pas grave, Marie. Il faut oublier maintenant. De quoi parle-t-elle ? De Diane ou de l'accident ? Je me souviens de l'odeur du produit jaune. J'ai honte de moi. Les Italiennes descendent. Je remonte vers le stade. Je ne veux pas les voir nues. J'ai peur des corps quand il fait chaud. Ça me donne des frissons.

Je joue près de Jane ; elle a la même tenue que moi. Je regarde ses taches de rousseur sur ses bras. C'est joli. J'aimerais bien en avoir. Jane m'embrasse dans le cou, « Pour te porter bonheur, Marie. » Les Italiennes sont plus grandes que nous, plus sportives. Jane me dit qu'elle est fatiguée, elle a fait l'amour toute la nuit. Moi je n'ai pas dormi. J'ai fouillé toutes mes affaires pour effacer Diane. Aucune trace. Aucun souvenir. Tout garder dans ma tête, le coffre-fort. Karin aussi est fatiguée, c'est le trac. Le proviseur a dit qu'il comptait sur nous, la fierté de Gockhausen. Le match commence. L'Italie sert et nous écrase. Les filles crient, *forza Italia, forza Italia*, et se frappent les cuisses à chaque point. Je sers mal, je renvoie mal, j'ai le soleil dans les yeux. Le ciel est trop grand, je perds les ballons. On est mauvaises et ce n'est pas grave. Il fait très chaud. Je regarde sur le banc. Diane est là. Elle me sourit. J'ai envie de l'embrasser. J'ai envie de la gifler. J'entends le vent dans les arbres d'Uster. Je vois la neige tomber. Je sens sa cuisse contre la mienne. J'entends la langue de James qui tète ses seins. Je ne veux plus jouer. Je veux m'enfuir. Je marque un point. Elle se lève. Elle applaudit. Je dois sauver mon équipe. J'entends, « Marie, Marie, Marie ! » Je dois sauver mon corps. Diane se souvient de mon prénom. Je me souviens de son visage quand elle a dit, *Viens*. Je dois sauver mon honneur. Je me bats. Je reste à la deuxième mi-temps. Je réduis le score. J'ai de la force. Je ne suis pas folle. Je voulais faire sport-études. Je n'aime pas penser. Je préfère le travail du corps. Je sais me battre. J'aime gagner.

On a perdu. Je rentre chez moi par la forêt. Céline ramène Julia à moto. Ma mère me trouve impolie. Je ne pouvais pas rester à cause de Diane.

121

Julien m'accompagne à la gare. Je quitte Rennes. Il porte mon sac. J'achète un sandwich et un livre, *Monsieur Ripley* de Patricia Highsmith. Julien veut prendre un café. Je refuse. Mon train est à quai. Je suis en avance. Je veux monter. Que tout finisse enfin. Je ne supporte plus Rennes, ni les voix qui résonnent, ni le bruit des trains qu'on sépare, ni les chariots à bagages qui manquent nous renverser. Julien ne comprend pas. On pourrait parler, Marie ? De quoi ? Tu sais bien. Parler de la mort, de Carol ? Je n'ai plus de mots pour ça. Parler de nous deux, Marie. Il ne faudra jamais le répéter. Il ne s'est rien passé entre nous. Marge ne doit pas savoir. Tu l'aimes encore, Julien. Je ne sais pas, regarde, j'ai dans mon portefeuille cette photo de nous trois au Pont. On a l'air heureux. Marge est au milieu. On se tient par les épaules. On est bronzés. On a des claquettes aux pieds. À cette époque on adorait cette chanson de F.R. David, *words don't coming easy to me*. Je ne trouvais pas les mots pour décrire ma relation avec Marge. Elle ne trouvait pas les mots pour répondre aux lettres de Julien. Marge a toujours été entre Julien et moi, entre Diane et moi. Marge est la troisième personne qui révèle les deux autres. Julien se sent abandonné. Moi je me sens étrangère à tout, comme enlevée du vrai monde et de la vraie vie. On se serre sur le quai. Je monte dans mon train. Il reste. Je lui fais signe de partir. Il reste. Je le regarde. Julien est mon dernier souvenir de Marge. Je ferme les yeux.

122

Nous prenons le dernier bus pour Gockhausen. Céline a une chemisette blanche. Elle a attrapé un coup de soleil. Julia est en robe, elle s'est maquillée. Je la préférais en survêtement. J'ai mal aux pieds à cause de mes sandales à talons. J'ai ma tenue du Dolder, comme si je voulais réparer ma soirée du Palacio. On ne vit jamais deux fois les mêmes choses mais j'aime bien le croire. Le lycée est allumé. C'est drôle de le voir de nuit. On est comme des voleurs. Je montre ma classe à Julia, ma place. Je regarde la chaise vide de Diane. J'étouffe. Il y a un grand buffet dans les couloirs. M. Portz me félicite, « Vous avez perdu mais j'ai apprécié votre courage, Marie, vous irez loin dans la vie. » Mark Olson a monté ses platines. Je cherche Diane, encore. Je sais qu'elle ne viendra pas. Ma sœur dîne en ville avec Sorg. Diane les rejoindra, peut-être. Ils marcheront au bord de l'eau. Elle enlèvera ses chaussures. Elle dira, « Je ne me suis jamais sentie aussi légère de ma vie. » Je regarde Julia. Olivier et Michel tournent autour d'elle comme ils tournaient autour de moi en début d'année. C'est toujours la même ronde, le même cinéma. Toutes les filles et tous les garçons se ressemblent. Je n'ai pas téléphoné à Diane. Je n'ai pas voulu en savoir plus. Pourquoi avoir parlé à ma sœur ? Et James ? Et ce jeune homme qu'a vu Céline ? Je pense à la forêt. Je pense au *Docteur Jivago*. Je pense aux jonquilles. Je pense qu'on a perdu le match parce qu'Alex a pénétré Jane toute la nuit. Je pense que Molly pourrait m'embrasser si je le lui demandais. Je pense que les Italiennes ne sont pas comme cela. Je pense que je ne suis pas romantique. Je pense que j'aurai toujours de l'avance sur les hommes. Je pense que c'est un avantage d'être une femme pour aimer une autre femme. Je pense que je pourrai toujours embrasser des garçons si ça tourne mal pour moi. Je pense que les femmes donnent le vertige. Je pense que les garçons ramènent à la vie et donc à la mort. Je pense que je suis devenue éternelle grâce à Diane. Je rentre dans le réfectoire. La musique est forte. On boit du champagne et de la bière. Je ne veux pas danser. J'entends Adriano Celentano. Céline danse. Gil me demande de lui présenter Julia.

Je me sens seule. Je ne reviendrai plus au lycée de Gockhausen. Je regarde Jane et Alex. Je regarde Astrid et Karin. Je regarde nos professeurs. Je pense à l'odeur des corps dans le petit refuge des Grisons. Céline dit que j'ai un air triste. J'attends Diane comme je l'attendais la nuit du 31 décembre. Je ne danserai jamais comme Michael Jackson. Je ne saurai jamais mentir non plus. J'ai envie de rentrer. Personne ne sait ce qu'il y a au fond de moi comme j'ignore ce qu'il y a au fond des autres. Avant mon père me disait qu'on ne connaît jamais vraiment les gens. Qu'on peut les aimer pendant toute une vie et être encore surpris. Qu'on ne possède pas la femme qu'on aime. Qu'on s'attache et que les autres n'y sont pour rien. On se fait mal tout seul et on guérit tout seul. Diane ne peut plus rien pour moi. C'est un grand vide qui creuse l'intérieur de mon corps. Je pose mon sac. Je me laisse aller. Je sens une main sur mon épaule. Je ne me retourne pas. Je sens Opium sur ma peau. Mark a mis *Year of the Cat* et les élèves de Gockhausen chantent ma chanson.

Demain, on a tous rendez-vous à la fête foraine pour se dire au revoir.

Je sais déjà que je n'irai pas.

123

Ma mère attend à la gare de Ferney. Je pense à Zürich. C'est la même odeur, la fin de l'été, le soleil qui descend sur la montagne, le ciel triste. J'ai dormi pendant le voyage. J'ai rêvé de Carol. Elle nageait sous la coque du bateau. Elle ne pouvait plus remonter à la surface. Ses cheveux s'enroulaient à l'hélice, on prenait des photos Polaroïd de l'eau, rien ne sortait sur l'image, que des bandes noires et hachurées. Ma mère a maigri. Elle m'embrasse très fort. Je suis heureuse de la voir. Je ne sais pas pourquoi mais je pleure dans ses bras. Elle a loué une petite voiture, une Corsa. Elle m'apprendra à conduire, il y a un grand parking encore désert près de mon nouveau lycée. C'est important de savoir conduire, de tourner dans les virages, de se garer bien droit. C'est comme savoir où mettre son corps. C'est comme choisir sa place dans le monde et s'y tenir. La chambre du Méridien est assez grande pour deux. On fait monter le dîner. Ma mère lit sur le balcon. Elle m'a acheté des cahiers à spirale. Elle m'a acheté de quoi écrire. Je n'ai qu'un prénom en tête, Diane, Diane, Diane. Bien sûr je ne l'écris pas. Bien sûr je joue la comédie. Bien sûr je fais attention à ne jamais le placer dans nos conversations. La Suisse n'est pas loin, dit ma mère, juste en face, après le poste de douane. C'est pratique pour les contrebandiers. La

Suisse, l'eldorado. Mon corps fera des allers-retours comme une marchandise secrète et dangereuse. Diane aimait faire ses courses à Genève. Elle reviendra. Il suffira d'attendre, le samedi, à une terrasse de café. Ma mère dit que certaines maisons frontalières sont à cheval entre les deux pays. Le salon en Suisse, la chambre en France. Moi je ne sais plus où je suis. J'ai changé. Je suis plus mûre. J'ai de nouvelles rides autour des yeux. C'est joli, ça fait femme. J'irai au casino de Divonne. Je mentirai sur mon âge.

Ici, c'est comme les images qui sont dans ma tête. C'est réel et ça n'existe pas.

Du même auteur

La Voyeuse interdite
roman, Gallimard, Prix du Livre Inter 1991
Prix 1537 de Blois, 1991
« Folio », n° 2479

Poing mort
roman, Gallimard, 1992
« Folio », n° 2622

Le Bal des murènes
roman, Fayard, 1996
Le Livre de Poche, n° 14268

L'Âge blessé
roman, Fayard, 1998
Le Livre de Poche, n° 14691

Le Jour du séisme
Stock, 1999
Le Livre de Poche, n° 14991

Garçon manqué
Stock, 2000
Le Livre de Poche, n° 15254

Composition réalisée par JOUVE

IMPRIMÉ EN ESPAGNE PAR LIBERDUPLEX
Barcelone
Dépôt légal éditeur : 41900 - 03/2004
Édition 01
LIBRAIRIE GÉNÉRALE FRANÇAISE - 43, quai de Grenelle - 75015 Paris.

ISBN : 2 - 253 - 07260 - 5   ❖ 30/3066/5